KB075095

초빼이의 노포일기

일러두기

- '초빼이'는 '술을 좋아하고 많이 마시는 사람'을 뜻하는 경상도 사투리입니다.
- 본문의 나오는 음식과 식당 명칭은 평소에 부르는 관행적인 표기를 따른 것도 있습니다.
- 이 책에 실린 음식점과 음식에 대한 감상, 평가는 지은이의 개인적인 관점과 미각으로 작성한 것이니 이 점 참고해 주시면 감사하겠습니다.
- 소개한 음식점과 음식은 2024년 6월 1일 기준입니다. 음식점의 위치외 메뉴, 가격 등에 변동이 있을 수 있습니다.

초빼이의 노포일기

시간과 추억이 쌓인 노포 탐방기

김종현 지음

인생을 즐기는 가장 좋은 방법은 맛있는 음식을 먹는 것!

인생은 짧고 우리가 가야 할 식당은 많습니다.

ALONE BOOK

프롤로그

'꾸준하게, 묵묵하게 그리고 고집스럽게'

'노포老鋪'라는 단어를 처음으로 인지하게 된 것은 1998년 중국 출장에서였습니다. 천진天津과 북경北京을 도는 일정 중 접했던 100년이 넘는 역사를 가진 만두집(천진 구부리)과 객잔, 그리고 오리 요리집(전취덕)은 그야말로 신세계였습니다. 몇 년 후 찾았던 도쿄(간다 야부소바)와 교토, 오사카의 노포에서는 그 감동이 더욱 컸습니다.

그즈음부터 우리의 노포에 관심을 가지게 됐습니다. 물론 이전에 방문했던 곳들 중에서도 노포들이 있었지만, 새로운 시각으로 다시 바라보니 그동안 미처 알지 못했던 점들이 보이기 시작했습니다. 때마침 우리나라에서도 2018년부터 '소상공인시장진흥공단' 주관으로 '백년가게'라는 노포에 대한 지원책이 시작됐습니다. 개업 후 30년 이상 운영된 업체 중 '백년 가게'(한국의 노포)를 선정하고 지원하기 시작한 것입니다. 하지만 갈 길이 요원해 보였던 것은 사실이었습니다. 백년가게로 지정된 업체들에 대한 정보에만 국한될 뿐이었지 노포의 현황에 대한 정확한 파악과 조사는 이뤄지지 않고 있었습니다.

'초빼이'라는 생소한 이름으로 우리나라의 노포들을 찾아다니며 기록하기 시작한 것은 저라도 이런 조사를 해보자는 다소 무모한 생각에서였습니다. 객관적인 관점으로서의 기록과 연구는 국가나 지자체, 전문 연구자의 몫으로 돌리고, 저는 저만의 개인적인 관점에서 노포의 모습과 인상 그리고 음식에 대한 감상을 적어나가기로 했습니다. 그리고 2022년 4월 20일, '초빼이의 노포일기'를 다음의 '브런치 스토리'라는 사이트에 처음으로 연재하기 시작했습니다. 첫 글을 올리면서 마음에 담은 생각이 '밑져야 본전'이었습니다. 큰 의미는 두지 말자, 묵묵히 자기 길을 걸어온 노포처럼 나 역시 묵묵히 다니고, 먹고, 기록하는 행위에 집중하자고 다짐했습니다.

게으름과 친구처럼 친하고, 나태함이 신체의 일부처럼 자리 잡은 사람이라 매주 한 편의 글을 쓰고, 그것을 사람들 앞에 내놓는 것 자체가 큰 도전이었습니다. 그런데 열 편의 글이 쌓이고, 그것이 스무 편이 되고, 쉰 편을 넘어섰을 때, 조금은 놀라운 일이 눈앞에서 벌어졌습니다. 인천의 오래된 백반집에 관해 썼던 글이 다음의 '여행 맛집 섹션'에 처음으로 오르게 됐습니다. 이후 거의 매주 다음(Daum)의 포털과 모바일에 '초빼이의 노포일기'가 실렸습니다. 2022년 8월에 올린 전남 담양의 고깃집 편은 무려 4만 명이 넘는 분들이 읽어주셨고, 을지로의 노포 우동집에 관한 글은 2만여 명이 공감해 주셨습니다. 어느새 '초빼이의 노포일기'를 찾아주신 분들이 43만 명을 훌쩍 넘어 버렸습니다. 지방 소도시의 시민 전부가 초빼이의 노포일기를 읽어주신 셈이죠.

그러다 보니 책을 내고 싶다는 작은 욕심도 생겼습니다. 어차피 '밑져야 본전'이었으니까요. 그때 '얼론북'의 최갑수 대표님께서 손을 내밀어 주셨습니다. 공덕역 뒷골목의 노포에서 소주를 마시며 "혹시 초빼이의 노포일기를 책으로 낼 생각이 없냐"라고 제안해 주셨고, 저는 흔쾌히 그 자리에서 계약서를 썼습니다. 혼자만을 위한 글쓰기는 많은 사람이 읽을 수 있는 책쓰기가 되었고, 이렇게 디지털 세상을 벗어나 현실 세계로 나오게 되었습니다.

'작가'라는 호칭에 아직도 닭살이 돋는, 저의 첫 책에 멋진 추천사를 선물해 주신 최자 님과 정호영 셰프님께 먼저 감사 인사를 드립니다. '경인 편'에 소개한 서울의 노포 중 절반 이상을 함께 동행한 옛 직장 동료 황호연 팀장님과 대학원 후배이자 작가인 정성진 님께도 감사의 마음을 전합니다. 부족한 글이지만 매번 찾아주시고 댓글로 격려해 주신 브런치 스토리 맛집 분야 크리에이터 김고로 님과 거의 매주 제 글을 픽업해 주신 다음의 관계자 여러분께도 깊은 감사의 말씀 드립니다. 전라도 나주에서 경상도 창원으로 시집가 20년 넘게 음식의 참맛을 알려주신 마산에 계신 제 어머니, 그리고 작

년 한 해 병환으로 고생하시면서도 제 건강을 더 신경 써 주신 장모님께도 깊은 감사의 말씀을 드리며 건강도 함께 기원합니다. 2010년 6월 1일 필동면옥 1층 8번 테이블에서 냉면에 소주를 마시며 첫 인연의 끈을 맺은 후, 지금까지 무뚝뚝한 경상도 남자와 '살아보는 모험'을 진행 중인 전윤희 님께도 깊은 감사의 말씀 전합니다.

노포는 말 그대로 오래된 가게입니다. 아주 오랫동안 같은 자리를 지키며, 사람들과 소통하고, 지역 사회와 유기적인 관계를 맺으며 대를 이어 성장해 온 곳입니다. 노포는 그 자체가 문화상품이 되어 많은 관광객을 끌어들이며 상권을 활성화합니다. 노포가 활성화되면 그 노포가 속한 골목과 주변의 상권도 함께 살아나고 고용을 창출합니다. 노포는 다양한 세대가 함께 찾고, 소통하며, 세대 간의 격차를 줄이는 사회적 통합의 장소가 되기도 합니다.

우리에겐 이토록 멋진 노포가 많습니다. '경인 편'과 '지역 편'에 실린 70여 편의 글로 소개하기엔 턱없이 부족합니다. 어려운 첫걸음을 내디뎠지만, 앞으로 더 멀리 나갈 수 있는 내일이 생겼습니다. 초빼이의 노포일기도 노포처럼 꾸준하게, 묵묵하게 그리고 고집스럽게 걸어가겠습니다. 감사합니다.

2024년 여름

초빼이 김종현 올림

목 차

광주 · 전라

3대를 이어온 육회비빔밥의 감칠맛
광주 금남로 꽃담

대한민국 최고의 전라도식 돼지 곱창집
광주 송정동 서울곱창

전주를 대표하는 토렴식 콩나물국밥
전북 전주 삼백집 본점

잘 비빈 밥 위에 푸짐하게 담은 육회, 진정한 육회비빔밥
전북 익산 시장비빔밥

소 한 마리를 온전히 품은 맛, 114년 곰탕집
전남 나주 나주곰탕하얀집

현지인들도 즐겨 찾는 전라도식 숯불 돼지갈비의 강자
전남 담양 승일식당

제주

메밀 칼국수와 꿩구이라는 신세계를 접하다
제주 동문시장 골목식당

제주 음식의 원형이 살아있는 몸국과 순댓국
제주 표선 가시식당

경기 수원

유치회관

50년 가까운 세월을 이어온 소고기 해장국
잘 삶은 무를 먹는 듯한 신선한 선지의 식감
국물 한 숟가락에 전날의 숙취가 스르르

주소 경기 수원시 팔달구 효원로292번길 67
전화번호 031-234-6275

우리나라 대표적 해장국 집들의 가장 큰 모순은, 맛있는 해장국과 수육을 내지만 그 해장국과 수육은 다시 안주가 되어버린다는 것. 유치회관 또한 그렇다.

짧지도 않지만, 그렇다고 길지도 않은 지난한 삶을 살아오면서 적절한 시간에 내놓는 '공감의 말' 한마디가 얼마나 중요한지 느낄 때가 있다. 남들의 툭 내뱉는 한마디 말에 평생 남을 상처를 입기도 하고, 그와 반대로 아주 오랜 시간 쌓아두었던 마음속 상처가 한순간에 아물 때도 있다.

애썼다, 고맙다, 미안하다, 후회한다…… 이 한마디가 누군가의 마음속에 만리장성만큼이나 쌓아둔 감정의 퇴적물을 사라지게도 하고, 또 다른 누군가에겐 인생을 더 풍요롭게 만들 수 있는 동기가 되기도 한다. 그런데 이 한마디를 입 밖으로 내는 것이 참 힘들다. 때로는 자존심 때문에, 때로는 무관심 때문에, 때로는 너무 친하다는 핑계로, 또 때로는 하찮은 이유로 인해 그 한 마디를 건넬 시기를 놓치기 일쑤다.

옷차림을 이야기할 때 'TPO'(Time, Place, Occasion)라는 말을

자주 쓰는데, 위로나 격려의 말을 전할 때도 이를 적용해 보면 어떨까 싶다. 그리고 음식에도 TPO가 고스란히 적용될 것인데, 여기 한마디 위로와 같은 음식이 있다.

격렬한 지난밤의 술자리로 온몸은 치명상을 입은 상태. 아침 알람에 겨우 눈을 뜨지만, 코마 상태에 가까운 몸뚱이는 겨우 숨만 쉬는 지경이다. 이럴 땐 반드시 이 집으로 가야 한다. 내 몸에 진심 어린 위로가 필요한 시간, 상처를 씻은 듯 치유하는 딱 한 마디 위로와 같은 음식이 있는 곳.

이삼십여 년 전까지만 해도 수원의 번화가 하면 남문 일대였지만, 시간이 흐르며 새롭게 개발된 인계동과 영통지구 그리고 광교로 옮겨왔다. 이 중에서 가장 번화한 곳인 인계동에 '유치회관'이 있다. 이 집은 내가 수원을 찾는 유일한 이유다.

유치회관은 1976년 개업해 50년 가까이 해장국과 수육으로 수원 사람들의 아픈 속을 달래가며 함께 아침을 맞은 곳이다. 수원의 초빼이들에겐 '수고했다'라는 한마디 위로의 말과 같은 곳이다. 유치회관을 방문할 때면 매번 본관을 찾는데, 인천 송도에서 찾아가기엔 조금 먼 거리지만, 본점이 아니면 뭔가 중요한 걸 빠트린 듯한 기분이 드는 터라 수고를 기꺼이 감내한다.

그동안 아침 일찍 찾아간 덕택에 웨이팅을 거의 하지 않았는데, 이번에는 점심시간에 가까워 가는 바람에 20분 넘게 기다려야 했다. 이곳은 추울 때나 더울 때나 언제나 붐빈다. 추울 땐 따뜻한 국물로 몸을 녹이기 위해 찾고, 더울 땐 진득한 국물로 몸을 보하기 위해 찾는다. 전날에 과하게 달린 사람도, 식사만 하고자 하는 사람도, 하루의 첫 술을 원하는 사람도 이곳은 모두를 품에 안는다.

가게를 들어서면 소고기를 푹 삶은 깊고 그윽한 향과 처음으로 마주치게 된다. 여기에 우거지를 삶는 진한 향도 따라온다. 오랜만에 들린 덕분에 잠깐 고민을 했다. 해장국으로만 끝낼 것인지 아니면 수육과 소주까지 함께 주문해 오랜만의 여유를 누려볼 것인지. 오늘은 해장국만 주문하기로 결정. 어젯밤의 숙취를 날리기 위해 해장국만 먹고 싶은 마음이 더 컸다. 그런데 사람의 마음이라는 게 조변석개朝變夕改다. 큼직한 선지 덩어리와 우거지가 가득한 고깃국을 막상 마주하고 보니 전날 밤 내내 끙끙 앓던 시간은 어느새 새까맣게 잊어버린다. 이모 여기 소주 하나요!

먼저 밥을 말아 국물에 전분기를 보탠다. 맑았던 국물이 조금씩 농도를 더해 간다. 소주 한 잔을 들이켜자마자 소고기 한 덩이와 밥을 가득 담은 수저를 입에 넣는다. 아, 살 것 같다. 어디선가 '이젠 괜찮다'라는 말이 들려오는 것 같다. 굳었던 마음마저 스르륵 풀어진다. 전철을 타고 오는 내내 불편했던 속이 국밥 한 숟가락에 수그러든다. 유치회관은 이 맛 때문에 찾는다. 오로지 이 '위로의 한 순간'을 즐기기 위해.

우거지의 무슨 성분과 선지의 무슨 효능 등을 들먹이는 것은 다 필요 없는 사족蛇足이다. 해장국이 나오면 밥 한 공기 무심히 말아 넣고 그냥 한 숟가락 뜨면 된다. 국물과 밥이 위장에 도달하기도 전에 온몸으로 흡수되는 것을 느낄 수 있다. 다시 한 숟가락을 뜨고 무채김치를 숟가락 위에 올린다. 유치회관의 무생채를 수저 위에 올리는 건 그야말로 화룡점정하는 것. 맵지도 짜지도 않은, 적당한 새콤함과 달콤함이 한 숟가락 안에 다 담겨 있다.

유치회관의 선지는 찾을 때마다 감탄하게 된다. 잡내 하나 없이 신선한 선지 덩어리는 잘 삶은 무를 베어 무는 것 같은 식감을 느끼게 한다. 한입 베어 물 때 치아가 선지를 반으로 가르며 내는 '뽀도독~' 하는 소리에서 감탄은 절정을 이른다. 입안에서 선지가 살아 움직이는 것 같다.

수육도 굉장히 맛있는데 다음으로 미룬다. 동행이 있었다면 수육도 빼놓지 않았을 것이지만 오늘은 혼자라 무리다.

이 집에서 찾을 수 있는 노포의 명징한 증거는 불에 탄 자국이 있는 식탁이다. 노포의 식탁 그 자체다. 지금은 플라스틱 받침에 뚝배기를 내지만 예전에는 뜨거운 뚝배기를 식탁에 그대로 올렸으리라. 그래서 곳곳에 '화상' 자국이 남아 있다. 언젠가 이 낡고 좁은 식탁을 교체해야 하겠지만, 몇 개 정도는 그대로 남겨뒀으면 하는 마음이 간절하다.

뜨거운 뚝배기의 열기를 견디고 이겨낸 이 식탁을 얼마나 많은 초빼이들이 거쳐 갔을까. 그들은 해장국 한술에 전날의 아픔을 잊어버리고 자신들의 삶으로 다시 돌아갔을 것이다. 불에 덴 저 동그란 자국 하나하나가 이곳을 찾은 사람들의 치열한 삶의 흔적일 것이다. 뚝배기 바닥이 점점 드러날수록 내 몸도 위로를 얻으며 회복한다. 어느새 몸과 마음은 진정됐고, 나는 오늘을 살아갈 힘을 또 얻었다. 역시 유치회관이다.

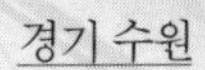

수원만두

고기와 채소만으로 만들어 낸 단단한 속
완벽하게 튀긴 군만두의 정수를 만나다
진하고 칼칼한 국물 맛의 우육탕도 일품

주소	경기 수원시 팔달구 창룡대로8번길 6
전화번호	031-255-5526

만두에 이토록 고귀한 기품과 우아함을 담을 수 있다니. 요리를 주문하면 서비스로 나오는 음식으로 전락해 버린 만두가 이곳에서는 최고의 요리로 격상된다. 오직 이 만둣집에 가기 위해 수원을 찾을 수 있을 정도다.

지금은 수인선이라는 광역전철이 수원과 인천을 이어주고 있지만 1990년대 초반까지도 수원과 인천 사이로 작은 협궤열차가 다녔다. 당시 대학에 다니던 나는 신문에 난 〈협궤열차의 추억〉 같은 기사를 읽고 열차를 타러 일부러 찾아 나서기도 했다.

수인선 협궤열차는 일제강점기 시절, 서해안에서 수탈한 소금을 인천항으로 운반하기 위한 목적으로 만들어졌다. 경기도 수원에서 안산과 시흥을 거쳐 인천까지, 일반 기차나 전철보다 좁은 궤도 위를 작은 몸체를 끌고 다니며 사람과 물자를 실어 날랐다. 포구에서 떼 온 생선이나 수산물을 담은 '다라이'를 머리에 인 할머니들이 쌈짓돈을 벌기 위해 올라탔고, 반월공단으로 출근하던 노동자들도 피곤 가득한 몸을 이 열차에 실었다. 나중에 안 사실이지만 일제강점기하에서는 수원에서 여주까지 철로가 더 이어져 이천과 여주의 쌀을 수탈하던 수단으로도 이용됐다고 한다.

이제는 사라진 협궤열차의 자리를 수인선 광역전철이 대신하고 있다. 예전보다 더 커진 열차가 더 빠르게 인천 사람들을 수원 한복판으로 실어 나른다. 분당선과도 연결되어 분당과 강남, 그리고 한양대가 있는 왕십리를 거쳐 청량리까지 이어지며 서울 동북부까지 한 번에 갈 수 있다. 그럼에도 불구하고 예전의 그 감흥을 느끼지 못하는 것은 아이러니하게도 너무 쉽고 빠르게 원하는 곳에 갈 수 있기 때문이리라.

이제는 사라진 협궤열차의 낭만과 정취를 느낄 수는 없지만, 그래도 내가 인천에서 수원까지 가는 전철을 타는 이유는 뭔지 모를 허전함을 채울 수 있는 기막힌 중식당 한 곳이 있기 때문이다. 요즘은 수원이 왕갈비의 도시가 아니라 만두의 도시가 아닐까 하는 생각이 들 만큼 유명한 만둣집이 많다. '보영만두'나 '코끼리만두' 등 한국식 만둣집은 평일에도 웨이팅을 해야 할 정도로 널리 알려져 있다.

'수원만두'는 우리가 쉽게 만날 수 없는 중국식 만두로 유명한 곳이다. 4년 만에 찾았는데, 입구를 지키고 있는 작은 사자상은 여전히 굳건하게 같은 자리에 서 있다. 조금은 낯설게 보이는 중국식 기와지붕도 그대로다.

점심시간이 한참 지난 시각, 바쁜 시간을 보낸 후인지 사장님 내외분도 테이블에 앉아 한숨 돌리고 있다. 주방에서 흘러나오는 만두 굽는 냄새를 맡으며 호기롭게 군만두와 쇠고기탕면을 주문한다. 이미 약간의 전작이 있었지만 그래도 소주도 한 병 추가. 이 더운 날, 뜨거운 우육탕에 소주라니. 업계의 전문용어로는 이열치열이라고 한다지?

이 집을 찾을 때마다 언제나 마음에 드는 것은 정갈함이다. 입구 바로 옆 주방을 몇 번씩 들여다봐도 주방은 빛이 날 정도로 깔끔하게 정리된 상태다. 웬만한 노포에서 찾아볼 수 있는 묵은 때의 흔적조차 찾을 수 없다. 손님이 뜸한 시간에 방문해 보니 저녁 영업을 위한 테이블 세팅도 완전히 마친 상태다.

이 정도 수준이라면 일의 개념으로 손님맞이를 준비하는 것이 아니라 사장님 내외분의 성격이 정리 정돈과 위생에 목숨을 거는 것이라고 생각할 수밖에 없다. 요식업계에 종사하시는 사장님들이 정말 한 번쯤은 와 보아야 할 모범과 같은 집이 아닐까 싶다.

군만두가 먼저 나왔다. 이 집 군만두는 완벽하다. 어디 비할 데가 없다. 투박한 생김새와 달리 1만분의 1초까지 카운팅하면서 튀겨낸 것 같다. 만두의 색상은 음식이 아니라 예술작품을 보는 듯하다. 잘 구워(튀겨)낸 만두피에 구현된 그라데이션은 손님상에 내기 전 그래픽 전문가가 포토샵으로 만진 게 아닐까 하는 의심마저 들게 한다. 보기만 해도 군침이 가득 고인다.

이런 예술적인 만두를 먹기 위해선 만두장도 굉장히 공들여서 만들어야 한다. 나는 식초와 간장을 1:1로 배합한다. 그리고 그 간장의 표면이 덮일 만큼 고춧가루를 넣으면 완성. 이때 중요한 것은 만두장에 들어가는 고춧가루는 작은 콧바람에도 날아갈 있을 정도로 곱게 간 것이어야 한다. 일부 중국집에서는 고운 고춧가루와 굵은 고춧가루를 구별하지 않고 테이블에 올리는 경우가 있는데, 여기에서 디테일의 차이가 난다.

군만두 하나를 집어 먹은 후, 남기면 포장해 가지 뭐 하는 생각으로 찐만두도 주문한다. 만두 한 접시에 10개씩, 혼자인 테이블에 20개의 만두가 올라와 있다. 군만두와 찐만두는 같은 만두를 사용하는데, 조리하는 방법에서만 차이가 난다. 그런데 희한하게도 맛이 다른 것 같은 느낌마저 든다. 같은 재료인데 만드는 방법이 달라진다고 이런 느낌을 낼 수가 있다니.

만두를 한입 베어 물면 처음엔 중국 향료의 향이 살짝 올라온다. 이게 또 이 집 만두의 매력이다. 속을 채우기 위해 여러 가지 재료를 쓰지 않고 고기와 간단한 채소만으로 만들어 내는데, 속이 굉장히 단단하게 차 있다. 색상은 연한 분홍색인데, 식감은 잘 익은 살코기 한 점을 베어 먹는 것 같다. 만두

피는 꽤 두터운 편이지만, 군만두의 경우 바싹하게 익힌 겉면과 달리 안쪽은 수분과 기름을 머금어 굉장히 촉촉하다. 이런 이질적인 식감을 한 몸에 지니고 있으니 어찌 매력적이지 않을 수 있을까.

문득 을지로에 자리 잡은 '오구반점'의 군만두 생각이 났다. 오구반점을 전국구 노포로 끌어 올리는 데 일등 공신이라 할 수 있는 군만두와 외형에서는 크게 다르지 않으며 맛도 유사하다. 단 수원만두의 만두가 조금 더 부드러운 큰 누님 같은 느낌이랄까. 만두 속의 색상과 향도 거의 유사하다. 이 두 집이 무슨 관계가 있을까 싶은 생각도 잠시, 이미 내 손엔 비어 버린 소주잔이 들려 있다.

얼마 전 점심을 먹으러 들렀던 단골 중국집의 일이 생각났다. 낮부터 술을 거나하게 드신 어르신 몇 분이 짜장면과 짬뽕에 소주를 드시다 곁을 지나가던 사장님께 "사장님 만두 같은 거 서비스 안 줘요?"라고 한 마디 던졌다. 그냥 웃으며 지나치던 사장님보다 옆에서 듣고 있던 내가 더 욱하는 기분이 들었다. 물론 그분들은 서비스 만두를 먹었던 경험이 있을 것이다. 그리고 지금도 요리를 주문하는 손님들에게 서비스 만두를 제공하는 중국집도 있을 것이다. 내가 화가 났던 건 '만두 같은 거'라는 말 때문이었다.

만두는 기원지인 중국에서는 한 끼 식사로 팔리는 음식이자, 만두만 전문으로 하는 집이 있을 정도로 요리로 대접받는 음식이다. 그런 음식을 서비스로 달라니! 아마 그분들이 '수원'의 만두를 한 번이라도 접해 보았다면 절대 이런 말을 하지 못했을 것이다. 솔직히 고백하자면 나 역시도 '서비스 만두'를 요구했던 시절도 있었고, 최근에야 만두라는 요리의 가치를 제대로 깨닫게 되어 그런 말은 절대 하지 않는다.

기다리던 쇠고기 탕면도 나왔다. 사실 이 집을 처음 찾았던 건 제대로 된 우육탕을 맛볼 있는 집이라는 소문을 듣고서였는데, 이번에서야 맛보게 되었다. 1990년대 후반부터 여행과 출장으로 스무 번 이상 중국을 오가며 나름 즐겨 먹던 음식 중의 하나가 우육탕면이었다. 그렇지만 한국에서는 잘하는 집을 찾기 힘들어서 항상 그리워했던 음식이기도 하다.

그런데 우육탕 국물의 색상이 내가 아는 그것과는 조금 다르다. 내가 식사나 해장용으로 즐겨 먹던 것은 검은색의 한약재 향이 나는 스타일인데, 이 집의 국물은 연한 짬뽕 국물과 같은 색상이다. 두반장 냄새가 살짝 올라오기에 국물 맛을 보니 두반장이 국물 맛을 내는 데 큰 역할을 한 것 같다. 그동안 먹었던 난주식이나 광동식 그리고 대만식 우육탕과는 조금 다르다. 그럼에도 진하고 칼칼한 국물 맛이 나쁘지는 않다. 아롱사태로 올린 고명도 꽤 큰 역할을 한다. 다만 면이 중국식 건면이 아닌 것이 조금 아쉽다.

나오는 길에 사장님과 이런저런 이야기를 나누다 "만두를 먹으러 인천에서 일부러 왔다"라고 하니 "인천에 좋은 중국집이 많은데 뭐 하러 이 더운 날에 여기까지 왔냐?"라고 말씀하신다. 얼굴 가득 웃음을 머금고 말씀하시는 모습이 참으로 정겹다.

수원만두의 만두는 인천에서도 맛보기 힘든 수준이다. 앞에서 말한 것처럼 을지로 오구반점에나 들려야 유사한 수준의 만두를 맛볼 수 있을 정도이니 이미 일가를 이뤘다고도 볼 수 있다.

오랜만에 찾은 수원의 노포에서 부족했던 무언가를 채워간다. 아주 오래전, 내가 대학을 다니던 시절에 이 집을 알았다면 일부러 인천까지 가서 덜컹거리는 협궤열차를 타고 수원으로 가지 않았을까. 이 집의 만두를 맛보기 위해서 말이다.

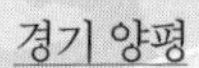

경기 양평

국수리국수집

된장과 해물의 콜라보가 만들어 낸 그윽한 단맛
부추 향 가득한 부추 수제비도 일품
바삭한 식감의 녹두 빈대떡도 안 먹으면 후회

주소	경기 양평군 양서면 경강로 1061
전화번호	031-772-2433

일본에 미소 라멘이 있다면 한국에는 된장칼국수가 있다. 국수리국수집의 된장칼국수는 해산물과 된장의 조합이 만들어 낼 수 있는 최고의 칼국수 맛을 보여준다. 그 깊은 단맛을 느껴보시길.

2000년대 초반, 지금처럼 캠핑 열풍이 뜨겁지 않았던 때 남들보다 조금 일찍 시작했던 산행과 비박, 오토캠핑의 목적지로 춘천과 홍천을 자주 드나들었다. 그럴 때마다 서울로 돌아오는 일요일은 엄청난 차량정체 때문에 10시간 넘게 운전해야 하는 경우가 부지기수였다. 조금이라도 운전 시간을 줄이기 위해 일부러 일요일 저녁때 출발하기도 했다.

아무튼 춘천이나 홍천에서 돌아오는 길은 교통체증 때문에 엄청난 스트레스를 받았다. 게다가 당시의 내비게이션은 요즘처럼 교통량을 파악해 안내해 주는 시스템이 아니었다. 길 안내만 제대로 해줘도 감사해하던 시절이었으니 말해 무엇하랴. 그 시절 알게 된 곳이 여기서 소개할 양평군 국수리의 '국수리국수집'이다. 한참 비박 산행에 빠져있던 30대 때 함께 산행을 다니며 노숙을 하던 형님이 소개해 준 집이다. 당시 스키 타러 다니던 분들 사이에서 꽤 유명했던 집이라고 부언도 해 주셨던 기억이 난다.

이 집은 6번 국도가 지나는 양평, 국수역이 있는 국수리 국도 옆에 자리하고 있다. 처음에는 국수리라는 지명이 국수가 유명해 지역명도 이렇게 바뀌었나 하는 얼토당토않은 생각도 했지만, '국수산 아래에 자리 잡은 마을'이라는 뜻으로 국수리라는 지명이 붙었다고 한다. 그런데 이 국수리에 정말 국수를 잘하는 집이 있으니 묘한 일이다.

요즘처럼 다양한 형태와 조리법을 가진 면 요리가 드물었던 그 시절, 이 집의 '된장칼국수'는 문화적 충격에 가까웠다. 그 당시 먹던 면 요리라는 것이 바지락, 사골 또는 멸치로 육수를 낸 칼국수나 국수가 아니면 중국집의 짜장과 짬뽕이 전부였던 시절이었으니, 이 집의 된장칼국수는 식도락가들의 관심을 끌기에 충분했다. 물론 일본이나 중국에서 다양한 면 요리들을 경험하기도 했지만, 그 당시 한국에서는 제대로 된 일본식, 중국식 면 요리를 맛보기가 쉽지만은 않았다.

해산물과 우거지를 듬뿍 넣고 된장을 풀어서 만든 육수에 국수를 말아 내던 이 집의 국수는 오랜 시간 정체에 시달려 스트레스 지수가 최고조에 달했던 운전자들에게는 한 가닥 구원의 빛과 같았다. 게다가 나름 내륙 지방인 양평인데, 기대하지도 않았던 커다란 새우를 몇 마리씩이나 올려 해산물

맛도 보게 했으니, 반하지 않은 사람들이 없었다.

이 집의 강점은 조개류와 갑각류 등 해산물을 잘 우려낸 후 된장을 풀어 깊고 진한 맛의 된장 육수를 만들어 냈다는 것이다. 된장과 해산물의 조합으로 만들어지는 묘한 단내는 냄새만 맡아도 침샘을 강력하게 압박한다. 마치 시골 어머니가 해 주시던 된장해물탕의 국물을 맛보는 것 같은 느낌이랄까.

한동안 이 집을 기억 한 편에 묻어 두고 있었다. 캠핑이나 비박을 잠시 접은 상태라 양평과 춘천 등을 오가는 일이 줄었고 이런저런 이유로 근처를 지날 일도 없었다. 그러다가 우연한 일로 이 집을 찾게 됐다. 가게 앞 전용 주차장에 주차를 하고 매장의 문을 열었는데, 온몸을 감싸는, 된장 냄새를 품은 그 단내가 가슴 속 한편에 남아있던 기억을 끄집어내는 것이다. 무려 십년 만의 방문. 좌식이었던 테이블들이 모두 입식으로 바뀐 것을 보니 꽤 오랫동안 이 집을 찾지 않았구나 싶었다.

자리를 잡고 주문을 하면, 여느 칼국수 집과 다르지 않게 보리밥을 먼저 내준다. 문득 왜 칼국수 집에서 보리밥을 내주는 걸까 하는 궁금증이 생겼다. 이래저래 알아보니, 가장 큰 이유는 밀가루로 만든 칼국수 면이 소화가 잘되지 않아 소화에 좋은 보리밥과 함께 먹으면 도움이 되기 때문이라고 한다. 개인적인 사견을 덧붙이자면, 박정희 시대를 대표하는 분식과 혼식 장려 운동의 잔재가 아닐까 하는 생각이 들기도 한다.

찬으로 나온 열무와 테이블 위에 올려진 참기름, 고추장을 넣고 비비면 준비는 완료된다. 정말 맛있는 음식을 잘 먹기 위해서는 에피타이저가 필요한 법. 열무보리비빔밥은 된장칼국수의 에피타이저 역할로 더없이 좋다. 보리밥의 향은 화려하지는 않지만 무덤덤하면서도 듬직한 느낌을 준다.

매번 이 집에 올 때마다 된장칼국수를 먹었던 터라, 다른 걸 시도해 보겠다는 마눌님은 동치미 메밀국수를 주문했다. 된장칼국수와 녹두빈대떡 모두 열무보리비빔밥을 다 먹기 전, 한 번에 나왔다. 때마침 점심때라 손님이 많아 그렇겠지 하고 넘겼지만 음식 나오는 타이밍을 조절하면 더 좋지 않을까 하는 생각도 잠시 했다.

꽤 큰 국수 그릇에 가득 담겨 나온 된장칼국수는 예전과 변함이 없었다. 유일한 변화라면 가격이 달라졌다는 것뿐. 이 집의 칼국수를 먹을 때마다 주인장의 후덕함을 충분히 느낄 수 있어 좋다. 칼국수를 흡입하면 그윽한 된장과 해물이 만들어 낸 단내가 입안 가득 찬다. 마치 폭발하는 것 같다. 조금 아쉬우면 바닥에 가득한 바지락을 하나씩 젓가락으로 꺼내어 먹고, 그래도 또 아쉽다면 새우 한 마리를 집어 껍질을 까면 된다.

예전엔 칼국수 면발에서 부추 향을 느낄 수 있었던 것 같은데 이번엔 그 느낌을 받지 못했다. 아마도 이 집의 또 다른 시그니처 메뉴인 부추수제비에 대한 갈망일까. 잘게 썬 부추를 넣은 수제비 반죽이 일품이었는데, 부추수제비를 주문할까 고민하다 결국은 포기했다. "다음에는 최소 5킬로그램 이상 감량해서 와야 한다"라던 담당 의사 선생님의 부드럽지만 무거움을 느낄 수 있었던 멘트가 퍼뜩 떠올랐기 때문이다. 결국 마눌님의 동치미 메밀국수를 한 젓가락 거드는 것으로 욕계의 문을 닫았다.

동치미 메밀국수를 먹는 마눌님은 그냥 다 아는 그 맛이라며 다음엔 된장칼국수나 부추수제비로 다시 돌아가겠다고 한다. 크게 맛이 떨어지는 것은 아니지만 시그니처 메뉴인 된장칼국수와 부추수제비가 워낙 탁월하다 보니 어쩔 수 없는 선택이지 싶다. 국수만으로 양이 부족하다 싶을 때는 바삭한 식감이 장점인 녹두 빈대떡을 시키면 된다.

새로운 도로가 생겨나면서 경기도와 강원도의 많은 국도변 식당들이 흥망에 영향을 받고 있다. 이 집 인근에 두물머리와 다산 정약용 유적지가 있다. 다양한 레포츠 관련 시설들도 가깝지만, 변화하는 도로 사정의 영향을 받는 것 같다. 그럼에도 불구하고 많은 사람들이 방문하고 즐길 수 있는 된장칼국수의 명맥이 계속 이어지기를 바란다.

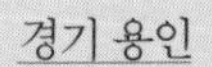

경기 용인

제일식당

대한민국 순대의 양대 산맥, 백암순대의 원조
설렁탕 같은 뽀얀 사골국물
잡내 하나 없는 순대와 푸짐한 오소리감투

주소 경기 용인시 백암로 21번길 11
전화번호 031-332-4608

우리나라 순댓국의 양대 산맥 중 하나인 백암순대 계열의 시작점과 같은 곳. 뽀얀 육수와 담백한 순대가 일품인 순댓국이 기막히다. 처음으로 '용인으로 이사 갔으면 좋겠다'라는 생각을 들게 한 집!

국밥은 종류도 참 많고 이름도 많지만, 그중에서도 대중들이 가장 좋아하는 국밥은 아마도 순댓국이지 싶다. 그런데 순댓국에도 마블 영화에 등장하는 히어로들의 숫자만큼이나 많은 종류의 순댓국이 있는데, 나름 그 분류의 기준을 정확히 가지고 나눌 수 있는 사람은 진정한 순댓국 마니아라고 부를 수 있지 않을까.

순댓국 유니버스에서도 아이언 맨과 캡틴 아메리카와 같은, 히어로를 대표하는 두 지역의 순댓국을 들라고 하면 경기 용인시 백암면의 '백암순대'와 충남 천안시 병천면의 '병천순대'가 아닐까 싶다. 우리나라 순댓국 계보에서는 이 두 곳이 양대 산맥과 같은 존재일 것이다. 사족 같지만 고백하자면, 나는 아주 오랜 시간 동안 백암순대의 '백암'이라는 지명을 경기도 백암이 아닌 경북 울진군의 백암으로 알고 있었다.

아무튼 경기도 용인을 거의 지나 이천과 맞붙은 백암면으로 들어가면 어렵지 않게 순댓국 거리를 찾을 수 있다. 대략 8~9개 정도의 순댓국집이 영업하고 있는데, 이 자리에서 소개할 집은 '제일식당'이다. 이 집에 가기 위해서는 15킬로미터 정도를 더 돌아가야 하지만 이 집의 순댓국은 우회해서 돌아가는 시간마저 감내할 만큼 가치가 있다.

오래전 내가 이 식당의 간판을 처음 봤을 땐 순댓국집이 아니라 시골 장터에서 흔히 볼 수 있는 이런저런 다양한 음식을 내는 식당이 아닐까 하는 생각도 하며 들어서기를 잠시 머뭇거리기도 했다. 하지만 그 짧은 고민의 순간 입장 순서가 뒤로 밀려버리는 걸 알고는 바로 줄을 섰다.

용인 백암장은 100년 전통의 돼지 장터로 유명한 곳이었다. 조선시대부터 오일장이 명맥을 이어왔다(1·6일 장). 예전에는 순대보다는 돼지, 소, 쌀 시장으로 유명했지만 산업화의 바람에 밀려 쇠락의 길로 접어들었다가 최근 들어 '순대장'으로 부활하며 새로운 전성기를 맞게 되었다고 한다.

초창기에는 전국 최대 규모의 우시장이 들어서면서 전국 각지에서 의류, 생선, 막걸리, 과일 장수들이 몰려 번성했는데, 어느 순간 소 대신 돼지 사육 농가가 늘어나게 되었고, 이 지역의 돼지 사육두수가 전국 최대 규모로 성장하면서 돼지 내장을 이용한 순대가 백암장의 대표 상품으로 자리 잡게 된 것이다.

백암의 순대는 일제 강점기부터 그 기원을 찾을 수 있는데, 백암순대의 원조로 불리던 '옛날백암순대'를 시작으로 그 후손들이 중앙식당, 제일식당 등을 내며 분가했다고 한다. 그래서 이곳에서 원조집을 가리는 것은 그리 큰 의미가 없을 듯 싶다.

원조집을 따지는 것이 의미 없다는 말이 이들이 내는 맛이 모두 똑같다거나 천편일률적이라는 의미는 아니다. 백암 순댓국이 한 곳에서 시작되었다고 하나, 분가를 해서 나온 집들이 전부 똑같은 음식을 내는 것은 아니다. 시간이 흐르며 각자의 손맛과 취향이 더해져 비슷한 외형을 취하지만 가게마다의 개성을 가지고 있다는 뜻이다. 강남의 귤이 위수를 건너면 탱자가 되듯이, 오랜 시간이 흘렀으니 다른 손맛이 더하고 더해져 비슷한 맛을 내는 것이 오히려 더 힘들지 않을까 하는 것이다.

매장 문을 열자마자 굉장히 익숙한 향이 코를 찌른다. 가게 안으로 한 발 내딛자마자 '제대로 된 순댓국집에 왔구나!' 하는 확신을 갖게 된다. 이번 방문이 여섯 번째 정도인데도 올 때마다 이 집의 순댓국을 먹게 된다는 기대감에 항상 즐거웠던 것 같다. 테이블 위에는 새우젓과 다대기, 소금, 후추가 세팅되어 있다.

이 집을 비롯해 백암 순댓국의 상징은 뭐니 뭐니 해도 뽀얀 국물이다. 설렁탕 느낌의 국물은 보고만 있어도 마음이 착 가라앉는 것 같다. 돼지머리와 사골을 오래도록 고아 진한 국물을 내고 그 속을 맛있는 돼지 부속물로 가득 채운 순댓국을 보면 왠지 모를 느긋함과 뿌듯함이 든다. 게다가 오래된 국밥집임을 증명하듯 흰 쌀밥까지 토렴해 담았으니 어디를 내놔도 빠지지 않는다.

순대 속으로는 양배추, 숙주, 부추, 양파 등의 채소와 돼지머리 고기, 선지 그리고 불린 찹쌀을 갈아 양념을 해 채워 넣었다. 이렇게 만든 순대가 뜨거운 육수를 만나 비로소 완전한 순댓국으로 재탄생한 것이다. 어느 것 하나 버릴 것 없는, 그야말로 정성이 가득한 귀한 음식이다. 게다가 양도 많다.

'모둠'을 주문하면 나오는 돼지 부속물들은 또 어찌 그리 싱싱한지. 집 근처 동네 순댓국집에서 가끔 경험하는 잡내나 누린내를 전혀 맡을 수가 없다. 사람들에게 워낙 널리 알려진 집이라 평일에도 손님이 많고 주말에는 줄을 서서 기다려야 할 정도니 굳이 묵은 재료를 쟁여 두고 있을 필요가 없는 것이다. 개인적으로 오소리감투를 참 좋아하는데, 이 집의 오소리감투는 정말 칭찬할 만하고 꼭 추천하고 싶은 메뉴다.

많은 사람들이 이 집은 뚝배기를 쓰지 않고 이중 스테인리스 그릇을 쓴다고 지적하는데, 사실 이는 그다지 흠잡을 게 아니다. 60여 년 업력의 노포이다 보니, 그릇 하나하나에서도 노포의 정취와 멋을 찾고 싶은 것도 충분히 이해 가능한 부분이기도 하다. 하지만 식당 운영자의 입장에서 보자면 또 다르다. 하루 종일 무거운 뚝배기 그릇을 다루다 보면 직원들의 손목과 팔에 무리가 갈 수밖에 없다. 제일식당 사장님은 뚝배기의 정취와 멋을 포기한 대신 직원들의 건강과 근무 환경을 더 생각한 것이 아닐까.

여하튼 용인이나 가까운 여주, 이천, 양평 등지에서 캠핑이나 여행 또는 골프 후 든든한 한 끼와 소주 한 잔이 필요하다면 이 집을 적극 추천해 드린다. 포장도 가능하니 조금 먼 곳에 계신 분들도 포장해 간다면 가족과 함께 즐길 수도 있을 것이다. 단 개인적인 경험으로 비춰볼 때, 포장은 아무래도 맛이 조금 떨어지는 느낌이랄까? 역시 음식은 식당에 직접 가서 먹는 것이 가장 맛있다.

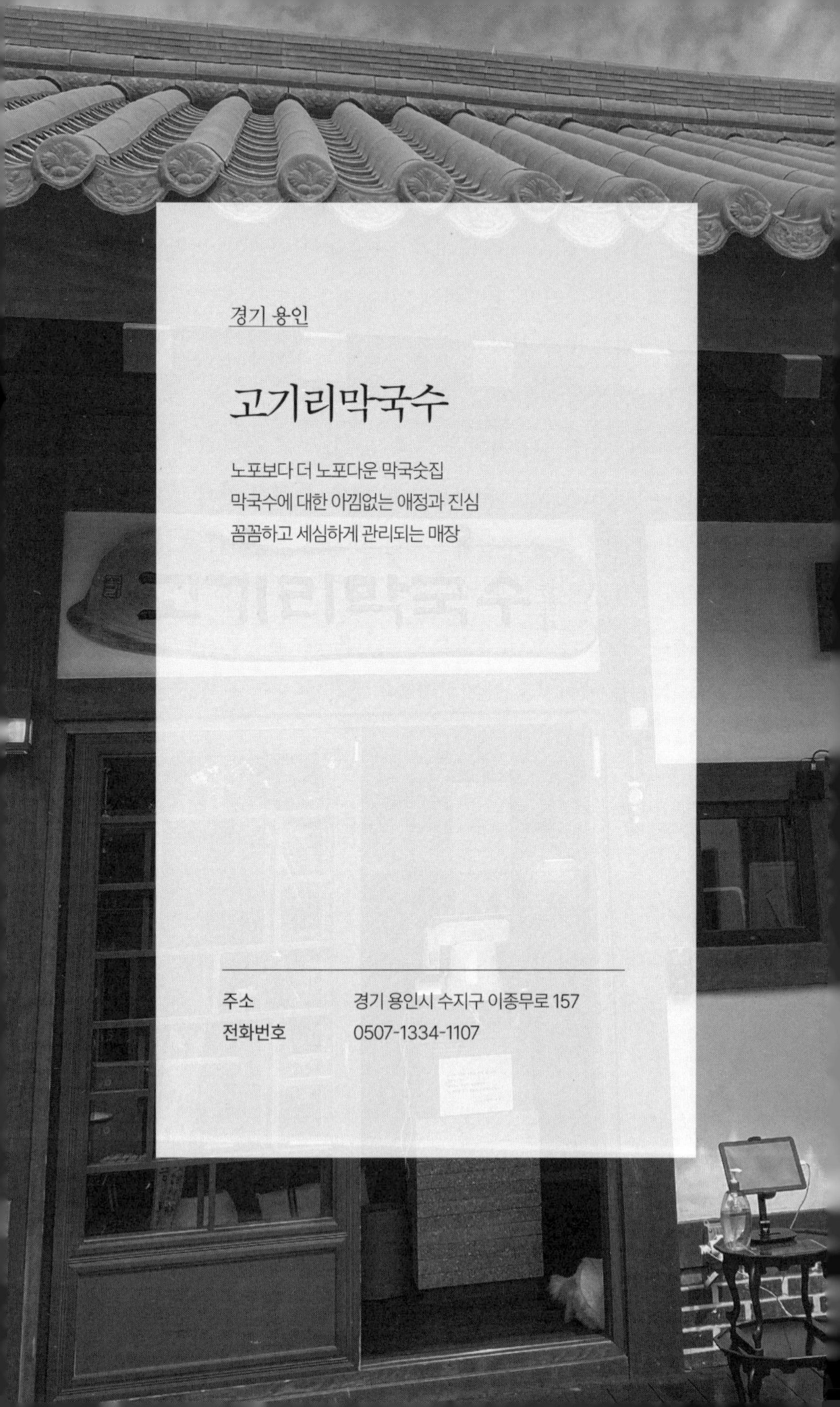

경기 용인

고기리막국수

노포보다 더 노포다운 막국숫집
막국수에 대한 아낌없는 애정과 진심
꼼꼼하고 세심하게 관리되는 매장

주소	경기 용인시 수지구 이종무로 157
전화번호	0507-1334-1107

사장님 내외를 닮은 정갈한 막국수가 매력적인 집. 이 집의 막국수는 모든 메뉴를 먹어보아야 한다. 초빼이는 '동치미 막국수'와 '어린이 막국수' 그리고 '애기 막국수'만 경험해 보지 못했다.

〈초빼이의 노포일기〉에는 술 한잔 마시며 좋은 음식을 먹을 수 있는 노포를 기억하기 위해 글을 써 왔다. 그런데 지금 소개하는 '고기리막국수'는 노포라고 하기엔 아직 젊은 가게라 약간 고민했다. 그럼에도 망설이지 않고 이 집을 소개하는 이유는 고기리 막국수가 비록 신생 업체지만 성공한 노포들이 가진 장점을 모두 품고 있기 때문이다. 노포 탐방을 통해 내가 얻고자 하는 인사이트를 모두 가지고 있는 이곳은 내게 '노포보다 더 노포스러운 곳'으로 보인다.

고기리막국수는 최근 몇 년 동안 엄청난 성장을 거듭했고, 이제는 국내 최고의 막국숫집으로 손꼽히기에 이르렀다. 이런 성공을 바탕으로 대기업인 오뚜기와의 콜라보를 통해 '들기름 막국수'를 제품으로 내놓기까지 했다.

몇 년간 광풍처럼 불었던 '면식 수행' 열풍은 전국에 숨어

있던 훌륭한 냉면집, 막국숫집, 우동집, 칼국숫집 등을 수면 위로 끌어올리며 많은 언론과 SNS에 오르내리게 했다. 그때 고기리막국수는 막국수계에 신성처럼 등장해 수많은 면식 수행자들이 반드시 거쳐야만 하는 성지로 등극했다.

가장 기본이 되는 물막국수와 비빔 막국수에서부터 새롭게 개발한 들기름 막국수, 그리고 최근에 내놓은 동치미 막국수까지, 어느 것 하나 허투루 여길 수 없는 음식들로 가득 차 있는 이 집의 메뉴판을 볼 때마다 항상 행복한 고민에 빠질 수밖에 없다.

아침 일찍 집을 나서 고기리 막국수로 출발했다. 오픈 시간에 맞춰 찾아가면 한두 시간 정도 기다려야 한다. 평일임에도 불구하고 오전 10시 정도에 도착해 전화번호를 등록한 후 인근을 산책하다 입장했다.

이 집의 메뉴는 의외로 간단하다. 물막국수, 비빔 막국수, 들기름 막국수, 그리고 동치미 막국수 등 총 네 종의 막국수와 수육이 전부다. 술은 막걸리만 판매하고 있다. 1인당 한 잔, 2인에 한 병만 판매한다.

메뉴가 간단하다고 해서 주문이 간편한 것은 아니다. 이 집의 막국수는 각각의 묘미를 지니고 있어 모든 메뉴를 한 번 이상은 먹어 봐야 하기 때문이다. 수육 역시 주문 리스트에 꼭 넣어야 할 만큼 기가 막히다. 게다가 함께 내는 물김치마저 정말 칭찬하지 않을 수 없다. '정갈'이라는 한 단어에 많은 뜻을 담아 접시에 올린 것 같다.

나는 특히 이 집의 물막국수와 들기름 막국수를 굉장히 좋아한다. 기본이 되는 물막국수는 그 모습부터 정말 단아하다. 깊은 스테인리스 그릇 바닥에 올려진 면 타래가 마치 가지런히 가부좌를 틀고 앉아 깨달음을 찾아 참선하는 노승의 모습을 보는 듯하다. 외부의 어떤 자극과 유혹이 있어도 옷매무새 하나 흩뜨리지 않고 부동자세로 진리를 갈구하는 모습, 그 자체이다. 그래서 맛도 지극히 단아하고 고혹적이다. 잔잔한 메밀 향과 맑은 육수가 만나 속세를 벗어난 다른 세상의 맛을 만들어 냈다.

들기름 막국수는 물막국수와는 또 다른 맛이다. 이미 외형에서 서로가 다르다는 것을 알 수 있다. 잘게 부순 김가루, 으깬 참깨와 들깨 향에 치트 키라 할 수 있는 들기름까지 끼얹었다. 오감을 자극하는, 지극히 강렬하고 세속적인 맛이다. 두 가지 막국수 사이의 간극은 언뜻 큰 듯하지만 메밀 막국수라는 같은 목적지로 향한다. 다만 그곳에 이르는 길이 조금 다를 뿐이다. 만류는 귀종한다.

지인들과 그리고 가족들과 여러 번 찾았는데, 입맛이 까다로운 마눌님이나 면에 대해 기준에 높은 장모님도 이곳은 언제라도 다시 찾고 싶은 곳이라 말씀하실 정도이니 이 집은 남녀노소 누구에게나 통하는 매력이 가득한 곳임에는 확실하다. 더욱 놀라운 것은 추가 주문이나 주류 판매가 매출에 많은 도움을 주는 항목임에도 이에 적극적이지 않다는 것이다. 조금은 외진 곳에 있지만 찾는 분들이 많으니 테이블의 회전 속도를 높여 조금이라도 더 많은 분들께 음식을 맛보게 해 주려는 의도가 아닐까 싶다. 위치상 자차를 이용해 찾아오는 손님이 많아 주류 판매를 제한하는 이유도 있을 것이다. 술을 좋아하는 초빼이로서는 좀 아쉬운 부분이지만 더 넓은 관점에서 보면 이런 배려마저 참 좋다.

내가 이 집을 처음 찾았을 때는 다른 사람의 건물을 빌려 막국숫집을 운영하던 초창기였다. 그 후 몇 년 만에 자신들의 건물을 지어 이전했는데, 새 매장을 찾았을 때는 '아, 이 집 뭐지?' 하며 약간은 당황했던 것으로 기억한다. 많은 노포들이 오랫동안 가게를 운영하며 음식의 완성도 부분에는 고민과 연구를 거듭하지만, 외적인 요소라 할 수 있는 매장 분위기(인테리어 포함), 효율적인 동선 설계, 공간 전체의 위생 관리, 고객을 위한 서비스 공간 관리에 대해서는 조금씩 무뎌지는 것이 사실이다. 무뎌지는 것이 아니라 점점 익숙해지면서 그 상태를 유지하는 데 급급해진다지는 것이 어쩌면 더 적절한 표현일 수도 있다(물론 그렇지 않은 곳도 있다). 하지만 고기리 막국수는 그런 것에서 완벽하게 벗어나 있다. 주차 공간, 대기 공간, 툇마루, 복도, 대기 시스템 그리고 화장실까지 어느 곳 하나

세심하게 배려되고 관리되지 않는 것이 없다. 이런 것들은 일이라 생각하면 절대 만들어 내지 못할 부분인데, 아마도 막국숫집 사장님의 성품에 기인하는 바가 클 것이다.

이런 고기리 막국수에도 큰 단점이 있으니, 서해안 낙도에 사는 초빼이가 이 집에 가려면 반드시 차를 가지고 가야 한다는 것. 그러다 보니 들기름 향 구수한 들기름 막국수를 앞에 두고도, 정말 맛있는 수육을 앞에 두고도, 빛깔 좋은 물김치를 앞에 두고도 지금까지 막걸리 한 잔 마시지 못했다. 이 집에서는 초빼이가 초빼이일 수 없었던 것이다. 나만의 이런 엄살에도 불구하고 점점 늘려가는 주차장과 작은 갤러리 같다고 느껴지는 매장을 보면서 '또 하나의 별과 같은 노포가 되겠구나' 하는 생각을 하지 않을 수 없다. 아마도 이곳은 '고기리의 별'이 될 것이다.

전국의 요식업 사장님들이 이곳을 꼭 방문해 보시기를 권한다. 잘하는 집은 자주 가 봐야 한다. 자주 보다 보면 반드시 참고할 수 있는 무언가를 보게 될 것이다.

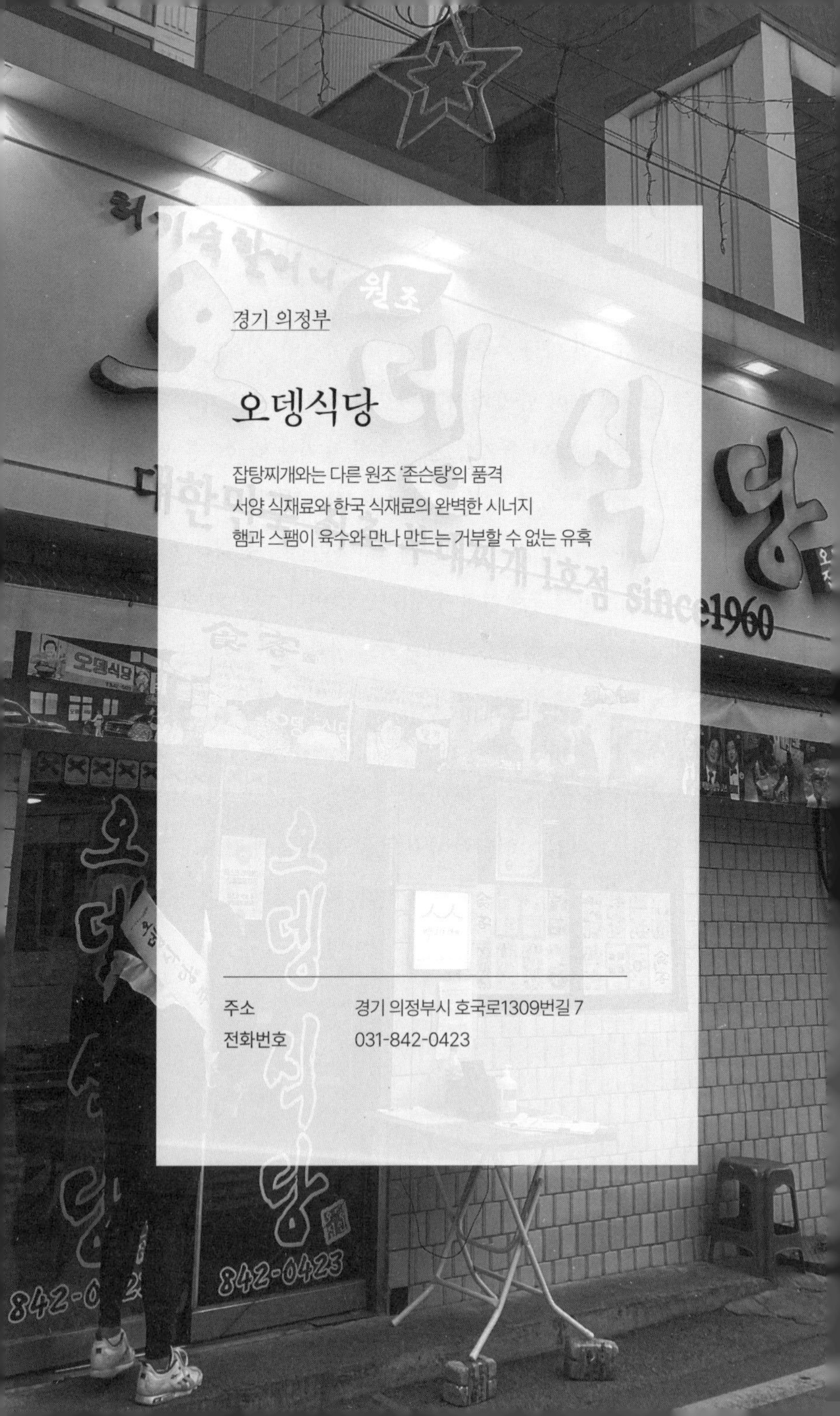

경기 의정부

오뎅식당

잡탕찌개와는 다른 원조 '존슨탕'의 품격
서양 식재료와 한국 식재료의 완벽한 시너지
햄과 스팸이 육수와 만나 만드는 거부할 수 없는 유혹

주소	경기 의정부시 호국로1309번길 7
전화번호	031-842-0423

업소용 주물 버너 위에서 끓고 있는 원조 부대찌개의 위엄. 햄과 스팸, 비엔나 소시지가 어울려 만들어내는 진득한 하모니. 익숙하면서도 낯선, 낯설면서도 익숙한 그 맛, 제대로 된 부대찌개를 느껴보시길.

이 집의 이름이 왜 '오뎅식당'인지 아직 잘 모르겠다. 아마도 오뎅을 판매하는 포장마차로 시작한 데서 오뎅식당이란 명칭이 나오지 않았을까 추측할 뿐이다. 의정부 오뎅식당은 부대찌개를 최초로 내놓은 식당으로 유명한 곳이다. 미군 부대에서 흘러나온 소시지, 햄, 베이컨 등에다 김치와 장을 더해 만든 '부대찌개'라는 음식을 1960년도에 내놓았다고 한다.

"원래 부대찌개는 한국전쟁 후 미군 부대의 '잔반'을 가져와 끓였던 꿀꿀이죽에서 비롯하였다. 미군에서 나오는 그 잔반에는 고기나, 햄, 소시지 등도 있었을 것이다. …(중략)…1960년대에 들어서며 잔반은 버려지고 …(중략)… 미군 부대에서 몰래 빼내오는 햄과 소시지에 김치를 더해 찌개를 끓였다. …(중략)… 1966년 미국의 존슨 대통령이 한국을 방문 …(중략)… 한국인들에게 서민적인 모습을 보여 깊은 인상…(중략)… 햄소시지찌개

에 '존슨탕'이라는 이름이 붙이게 했다." (황교익, 『한국음식문화박물지』에서 발췌)

내가 부대찌개를 처음 접한 건 20대 초반이다. 주머니가 넉넉지 않던 대학 시절, 부대찌개는 그나마 푸짐하게 먹을 수 있던 술안주였다. 술을 팔던 어지간한 식당에서는 대부분 부대찌개가 메뉴에 있었다. 때로는 끼니를 때우기 위해, 때로는 술에 곁들이기 위해 부대찌개를 먹었는데, 국물까지 다 먹어 냄비 바닥을 보게 되더라도 별달리 걱정하지 않았다. 육수를 리필하고 반찬으로 있던 김치와 오뎅 등 젓가락에 잡히는 것들을 넣고 다시 끓이면 모든 걸 처음부터 다시 시작할 수 있기 때문이었다. 이 과정을 몇 번이나 반복하다 보면 제정신으로 집에 가는 친구가 없었다.

그러면서도 나는 '이 음식의 정체는 도대체 뭘까?' 하는 생각도 했던 것 같다. 전혀 어울리지 않는 재료들을 모아 끓였는데 기가 막힌 맛을 낸다는 게 이해가 되지 않았다. 따지고 보면, 어쩌면 부대찌개야말로 '찌개'라는 한국적 플랫폼에 다양한 외국의 콘텐츠(식재료)를 결합한, 요즘과 같은 국제화 시대에 가장 잘 어울리는 음식이 아닐까 싶다. 조금 더 세밀하게 들여다보면, 한국 음식인 김치찌개에 서양식 식재료인 소시지, 햄, 베이컨 등을 주재료로 올리고, 일본이 원류라 할 수 있는 라면이나 우동면, 중국의 당면 등을 부재료로 사용하니 서너 개 이상의 국가가 관여되어 있다. 이처럼 글로벌한 음식이 또 어디 있을까? 그런 의미에서 의정부 오뎅식당은 한국의 음식문화에 굵은 획을 그었다고 할 수 있을 듯하다.

주말에 의정부 오뎅식당 본점을 찾았다. 편도 2시간 길로 인천에서 의정부까지 가는 길은 수도권 순환고속도로를 이용하든, 국도를 이용하든 체증을 감내해야 한다. 주말에는 그 정도가 두 배 이상 심해진다. 요즘에는 KTX로 2시간이면 대구까지 갈 수 있으니 의정부로 향하는 내내 '나도 참 어지간하다'라며 혀를 찬다.

부대찌개 골목에서 오뎅식당을 찾는 것은 어렵지 않다. 전국에서 몰려드는 많은 식도락가들 때문인지, 본점을 비롯해 분점 두 곳이 문을 열고 있었다. 전용 주차장도 있었다. 주말 저녁이라 한산할 것으로 기대했지만 대기자가 몇 명 있었다.

단층의 건물은 보기에도 시간의 흔적을 느낄 수 있었다. 가장 먼저 눈길을 끄는 것은 1988~90년대 식당에서나 볼 수 있는 업소용 주물 버너. 앉은뱅이 상 위에 터줏대감처럼 자리 잡고 있었다. 수많은 사람들의 손을 거친 듯한 흔적이 고스란히 남아있는 가스레인지와 곳곳에 상처 나고 찌그러져 움푹 팬 냄비 뚜껑, 색이 바래고 불에 그을린 흔적마저 정겨워 보이는 찬 그릇까지 어느 것 하나 허투루 넘길 것이 없었다.

높지 않은 전골냄비에 담겨 나온 부대찌개를 주물 버너 위에 올려 데우기 시작한다. 언제나 그렇듯 허기진 식객에게 찌개가 끓기까지의 기다림은 그 어떤 시간보다 길게만 느껴진다. 섣부른 조바심에 국자를 들어 빨리 끓어오르길 염원하며 휘휘 저어 보지만, 내 마음과 달리 찌개는 끓어오르지 않고 애꿎은 동치미 국물과 김치 그릇만 바닥을 보인다. 기다림에 지쳐 잠시 쉬고 있을 때, 갑자기 솟아오르며 냄비 뚜껑을 밀어내는 뜨거운 김을 보자마자 "어머니, 여기 진로 한 병요"라는 조건 반사적 외침이 터져 나온다. 같이 간 마눌님의 표정이 험악해진다. 소주병이 상에 오르자마자 마눌님 얼굴을 외면하며 바로 한 잔! 이제부터 집에 가는 길은 마누라님의 책임이다.

햄과 스팸을 품은 뜨거운 국물이 끓으며 만들어 낸 향과 맛의 유혹은 도저히 거부할 수가 없다. 국물의 농도가 짙어질수록 찌개는 더욱 강력한 향을 뿜어낸다. 급한 마음에 국물을 덜어 한 수저. 참 이국적인 맛이다. 그런데 이 맛은 해외여행을 하며 먹는 다른 나라의 음식에서 느끼는 그런 이국적인 맛은 또 아니다. 뭔가 익숙한 듯하면서도 낯선 묘한 맛이 있는데, 아마도 그것이 우리가 부대찌개를 찾는 이유가 아닐까?

존슨탕, 부대찌개는 우리가 헐벗고 가난하던 시절, 배고픔을 견디기 위해 먹던 음식이었다. 하지만 요즘 우리의 삶이 어디 허기짐과 배고픔을 용납하는 삶이던가? 오히려 필요 이상으로 과하게 음식을 먹는 시대를 살고 있지 않는가. 음식이 단순히 배고픔과 허기를 면할 목적으로만 먹는 것이라면 부대찌개라는 음식은 우리 음식사에서 이미 사라졌을 것이다. 그런데 시간이 지나면서 오히려 더 고급화되고 더 다양한 재료가 더해지며 우리 외식문화에서 하나의 당당한 선택지로서 존재하고 있다.

오랜만에 맛보는 맛있는 부대찌개에 기분이 좋아졌다. 비엔나소시지의 스모키한 향과 햄 특유의 고기향, 라면 사리의 부드러움과 당면의 진득함, 이 모든 것이 어울려 빚어내는 하모니가 좋다. 이 모든 것을 다 담은 진득한 국물 맛은 오직 부대찌개에서만 느낄 수 있다.

오랜만에 제대로 된 부대찌개를 먹은 것 같다. 가끔 사무실 구내식당에 나오는, 부대찌개를 흉내 낸 잡탕찌개만 먹다가 제대로 된 부대찌개를 만나니 뿌듯하다. 오랜 시간 운전해 온 수고가 아깝지 않은데, 제대로 된 부대찌개를 찾아 먼 길을 마다하지 않는 사람이 있다는 것만으로도 이 음식이 우리 음식장르에 완전히 자리 잡고 있음을 방증하는 것이 아닐까.

집으로 돌아가는 두 시간 내내 운전하는 마눌님께 인생의 값진 조언을 들었다. 그래도 오늘은 견딜만하다. 오뎅식당의 부대찌개는 이 모든 걸 감수하고서라도 모험할 가치가 있는 음식이다. 잘 먹었다.

경기 고양

행주산성원조국수집

멸치와 디포리, 각종 채소가 만들어 낸 극강의 육수
마법 같은 파 양념장이 더해지면 한층 더 진해지는 맛
잔치국수의 최고봉으로 꼽고 싶은 곳

주소 경기 고양시 덕양구 행주로17번길 10
전화번호 0507-1352-7228

아무리 술을 많이 마셔도 이 집 멸치육수 한 모금을 마시면 몸이 되살아나는 '해장의 기적'을 경험할 수 있다. 최근 들어 육수가 조금 옅어진 것 같지만, 그래도 최고의 잔치국수 집을 꼽으라면 주저 없이 이 집을 선택하겠다.

경기 고양시와 김포공항 끄트머리를 이어주는 행주대교 바로 아래에는 임진왜란 3대 대첩의 하나인 행주대첩의 격전이 있었던 행주산성이 자리 잡고 있다. 그리고 이 행주산성의 아래 행주내동에 오래전부터 애정하는 국숫집이 하나 있다.

이 집을 소개해 주신 분에 따르면, 지금 한강 변이 '한강공원'이 아니라 '한강 고수부지'라는 이름으로 불리던 시절, 자전거를 타던 사람들이 서울에서 출발해 강변을 따라 라이딩을 하면 회귀하던 지점이 행주산성 어귀였는데, 그 행주산성 바로 밑에서 국수를 팔던 조그만 구멍가게가 이 집 '원조국수집'의 시작이라고 한다.

조그만 구멍가게에 손님을 맞을 준비가 무엇이 있으랴. 작은 평상과 조그만 식탁 하나 놓고 여기까지 찾아와 줘서 고마운 손님들을 위해 싼값에 엄청난 양의 국수를 내놓기 시작했던 것이다. 강한 멸치 향의 육수가 매력적인 잔치국수와 새콤달콤한 비빔국수는 금세 라이더들의 입소문을 탔고 이내 일반인들에게까지 소문이 퍼져 내비게이션이 없던 그 시절에도 찾는 사람이 줄을 섰다.

이 집을 아는 사람들은 "내가 이 집 국숫값 얼마일 때부터 다녔어"라며 자신이 먹었던 국수 가격을 밝히는 것으로 '찐 단골'임을 증명하는 것을 흔히 볼 수 있다. 세상 아무짝에도 쓸모없는 '단골 부심' 싸움인 듯하지만 또 막상 해보고 싶은 것이기도 하다(참고로 내가 이 집에서 처음 먹었던 국수 가격이 3천 원이었던 것으로 기억한다).

이 집에서 내는 국수 메뉴는 단 두 개, 잔치국수와 비빔국수다. 여름 한정 메뉴로 콩국수도 내지만 시즌 한정 메뉴이니 패스. 나는 한여름에도 땀을 뻘뻘 흘리며 이 집의 잔치국수를 먹는 것을 즐긴다. 이제는 국숫집에 에어컨도 들여놓아 한여름에도 시원하게 먹을 수 있지만, 불과 몇 년 전만 해도 이 집에서 먹는 한 여름의 잔치국수는 정말 사우나 안에서 뜨거운 물을 마시는 것과 같았다.

그럼에도 불구하고 이 집 잔치국수의 찾을 수밖에 없는 이유는 강력한 멸치육수에 있다. 맛만 보면 멸치와 디포리 그리고 채소를 적정 비율 섞어서 육수를 우려낸 후, 아주 극소량의 조미료를 첨가해 부족한 0.2%를 완벽하게 보완한 것으로 보인다(육수 비법은 영업비밀이라 물어볼 엄두도 내지 않았다).

밤새 이 술 저 술 섞어 마시다 속이 뒤집어져 아무것도 먹을 수 없는 상태가 되어도 원조국수집의 잔치국수 국물만 몇 모금만 들이켜면 기사회생하듯 살아나는 기적이 눈앞에서 일어난다. 초빼이들에게는 정말 죽은 사람도 되살릴 수 있다는 우황청심환 같은 존재다. 이게 바로 원조국수집의 잔치국수가 행하는 해장의 기적이 아닐까.

국수가 테이블에 나오면 큰 그릇을 두 손으로 움켜잡고 국물부터 후루룩 마신다. 그리고 잠시 간극을 두고 속을 진정시킨 후 다시 한 모금. 지난밤의 일들이 기억나지도 않는 엄청난 과음 덕에 가사 상태에 빠져 버린 내장들이 조금씩 반응을 보이며 제자리를 찾기 시작한다. 그리고 다시 한 모금 더. 딱 세 모금의 육수에 죽었던 몸이 깨어나기 시작한다.

거대한 국수 타래를 젓가락으로 휘이! 잔뜩 엉킨 속이 풀리듯 국수가 풀린다. 이제부터는 면과의 싸움이다. 굉장히 거대한 손을 가진 조리사가 타래를 틀어 놓은 듯, 돌돌 말아놓은 국수의 크기가 만만치 않다. 젓가락으로 저어 타래를 풀어헤치면 잔뜩 뒤틀린 내 속과 마음도 국수 타래와 함께 풀어지기 시작한다.

고명이라야 파 몇 조각과 김 가루 조금, 그리고 고춧가루 약간이 전부다. 참 무심하게 면 위에 스윽 뿌렸는데도 이게 국수 맛에 주는 영향이 적지 않다. 예전에 즐겨봤던 애니메이션인 〈스머프〉의 가가멜이 거대한 항아리에 묘한 재료들을 무심코 집어넣고 주문을 외우는 그런 모습이 이 집의 주방에서 벌어지는 것은 아닐까 하는 상상도 해 본다.

찬으로 나오는 것은 김치 하나다. 국수 반찬에 김치 하나면 부족할 게 없지만, 김치의 익은 정도가 국수 맛을 증폭시키는 데 큰 영향을 주기도 한다. 그러나 김치의 상태는 그날그날에 따라 복불복이다. 워낙 많은 양의 김치를 소모하니 적당히 익히는 컨트롤이 가능할 수 없을 것이다.

이 집의 또 다른 무기는 파 양념장이다. 이 집의 초극강 무기인데, 여느 국숫집에서 내는 양념장은 간장을 베이스로 하고 여기에 통깨나 고춧가루, 땡초 등 여러 가지 재료를 넣어 만들지만, 이 집의 양념장은 그야말로 파가 바탕이다. 파를 잘게 썰고 고춧가루와 간장 등을 최소량만 넣고 숙성시킨다. 숙성 시간 동안 파에서 나오는 진액이 마법을 부리며 세상 둘도 없는 양념장으로 재탄생하는 것이다. 이 집의 양념장은 정말 엄청난 양을 국수에 넣어도 전혀 짜지 않다.

잔치국수에 비할 바는 아니지만 비빔국수도 인기 메뉴다. 날이 더워질 때는 비빔국수를 먹는 사람들을 많이 볼 수 있는데, 새콤달콤한 양념장이 인상적이다. 그러나 나는 이 집을 다닌 게 십몇 년이지만 비빔국수는 서너 번 정도밖에 먹지 않았다. 비빔국수는 잔치국수의 파괴력을 당해내지 못한다는 게 이 집을 찾는 이들이 인정하고 있는 사실이다.

이 집은 나도 꽤 오래 다녔던 집이라 성장 과정을 잘 볼 수 있는 집이기도 하다. 초기 사장님과 직원들에 의해 운영되던 가게가 너무 폭발적인 인기를 얻게 되자 1)인근의 공터를 빌려 주차장도 확보했고, 2)별관 건물을 구입해 별관을 운영했으며, 3)자식과 손주들이 운영에 참여하는 대물림 과정도 거쳐왔다. 이 과정에 많은 시도와 실패도 있었는데, 그 기간을 눈으로 지켜봐 왔던 것은 어쩌면 행운일 수도 있을 것이다.

작년부터 급격하게 떨어진 육수의 품질에 아쉬움도 많이 있지만(그럼에도 불구하고 다른 집에 비해서는 좋다), 가장 최근의 방문에 예전의 맛과 향, 그리고 농도를 조금씩 찾아가고 있는 것도 확인했다.

이 집을 애정하는 사람으로서, 이 집 잔치국수의 육수에 중독된 사람으로서, 가격은 올려도 좋으니 정말 전국 어디에서도 쉽게 만날 수 없는 육수의 품질은 절대 버리지 않았으면 하는 바람이 있다. 닥터 파우스트는 아니지만 누군가 내게 이 집 멸치육수와 파 양념장의 레시피를 주겠다면, 아마 난 그에게 내 영혼도 팔아버릴 수도 있을 것 같다.

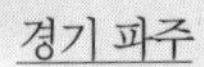

밀밭식당

'찐한' 육수가 일품인 칼국수 한 그릇
오직 김치와 고기로만 속이 꽉 찬 김치만두
지역민과 함께 마음을 나누며 늙어가는 노포

주소	경기 파주시 문산읍 문향로 84
전화번호	031-952-7152

칼비빔(비빔국수)에서 가장 중요한 핵심은 부드러운 면. 목구멍을 스르륵 타고 내려갈 수 있는 면을 위한 참기름의 양 조절이 중요하다. 너무 적어도 너무 많아도 안되는 적절함이 관건인데, 그 어려운 일을 이 집은 해냈다.

〈해바라기〉와 〈자화상〉, 〈별이 빛나는 밤〉 등으로 널리 알려진 빈센트 반 고흐의 마지막 작품 중 하나로 알려진 〈까마귀 나는 밀밭〉이라는 작품에는 전체적으로 우울함과 죽음의 향이 가득하다. 거칠게 요동치는 어두운 하늘, 사정없이 흔들리는 밀밭, 세 갈래로 뻗어 캔버스 밖으로 향하는 도로, 그리고 불길한 날갯짓으로 날아오르는 까마귀들을 거친 붓 터치로 그려내며 스멀스멀 피어오르는 죽음의 그림자를 표현했다.

고흐에게는 밀밭이 죽음의 이미지로 다가왔겠지만 내게 밀밭은 그와 반대로 생동감 넘치는 삶의 이미지로 가득 찬 곳이다. 생생히 살아있는 삶으로서의 밀밭 이미지를 심어준 곳이 바로 파주시 문산읍에 있는 작은 식당이다. '밀밭식당'은 경의·중앙선 문산역에서 조금 떨어진 곳에 자리한다.

주중에 방문하기는 처음이었는데 관광객과 외지인으로

만 가득하던 주말과는 전혀 다른 모습에 깜짝 놀랐다. 40여 년 동안 변함없이 찾아주는 사람들과 함께 숨 쉬어 왔구나 하는 것을 느낄 수 있었다. 가게의 좌석과 뒤편 방을 가득 채우고 있던 사람들은 문산에서 생업을 이어나가거나 인근에서 농사를 짓는 분들이었다. 그들에게 이 집 칼국수는 읍내 나가는 날에 먹는 조금 특별한 음식이었을 것이다. 북적이는 가게에는 외출 나온 군인들도 있었고, 가게 단골손님과 함께 찾은 미장원 원장님도 한 테이블을 차지하고 있었다. 테이블 옆 의자에 올려 둔 조금은 생소한 이름의 농약 브랜드를 단 밀짚모자도 이 집에서는 테이블 아래 낡은 방석처럼 너무나 자연스러운 풍경이었다.

외지인들로 가득했던 주말과는 전혀 다른 일상의 모습이 고스란히 숨 쉬고 있는 것을 보았을 때, 이곳이 진정 주민들과 함께 늙어가는 노포구나 하는 생각이 들었다.

가게 문을 열고 한 발 들어서면 코끝을 강렬하게 자극하는 고깃국물 냄새(잘하는 설렁탕집의 꼬리한 냄새)에서 텍사스 중질유보다 더 끈적끈적한 유대감을 느낄 수 있다. 칼국수 면을 가늘게 썰어내는 널찍한 도마에서는 드넓은 포용력을 본다. 밀밭식당은 이 둘을 큰 솥에서 한소끔 끓여내 스테인리스 그릇에 담아 사람들에게 낸다.

칼국수는 투박하기 이를 데 없는 모습이다. 진한 고기 육수에 칼국수 면이 담겨 있고 고명이라고는 김 가루가 전부다. 파 조각 하나도 들어있지 않다. 꾸밈없이 수수하기만 한 이 모습이 아마도 이곳 문산의 모습이 아닐까.

옆 테이블에 혼자 앉으신 어르신과 사이좋게 수저통과 종이컵을 나눈다. 뜬금없이 "이 집 국수가 먹을 만하다"라며 무심하게 한마디 툭 던지시며 눈인사까지 보내 주신다. 내겐 이 집에 있는 모든 이가 낯설지만, 이들에게겐 내가 유일한 이방인일 테다. 무뚝뚝한 손님 한 분이 이방인에게 보내주는 작은 친절함도 이 집의 매력이 된다.

이 집이 칼국수도 좋고 만두도 좋다는 말을 들었던 터라 욕심을 내어 '칼만두국'과 '비빔국수'를 주문한다. 칼국수 면은 직접 반죽해 기계로 뽑아낸다. 몰려드는 사람들의 수요를 맞추자면 어쩔 수 없는 선택이라 충분히 이해가 가는 부분이다. 만두는 오로지 딱 한 종류, 김치만두뿐이다.

만두 앞에서는 한없이 약해지는 내가 가장 좋아하는 만두가 김치만두다. 이 집 사장님의 아들(또는 손자)로 보이는 젊은 청년이 주방 입구에서 낑낑대며 직접 만두를 열심히 빚고 있었으니 그 맛이 더 좋지 않을 수 없다.

칼만두국에 먼저 입을 댄다. 육수 한 모금을 들이키고 다시 한번 더 들이킨다. 좋은 국물을 만나면 반드시 따라 나오는 일종의 루틴이다. '진하다. 아니 찐하다!'라는 감탄이 반사적으로 튀어나올 정도로 일품인 육수다. 마치 설렁탕 한 그릇 마시는 기분이다.

본능의 흐름을 따라 거침없이 면을 흡입한다. 대신 젓가락질은 조심조심. 함께 들어있는 만두가 터지지 않도록 신경을 바짝 곤두세운다. 만두는 육수를 머금은 그 상태 그대로 먹어야 제맛을 느낄 수 있기 때문이다.

면을 모두 비운 후는 만두의 시간이다. 이 집 음식의 매력에 빠지게 되면 이게 만두인지 포자인지 아니면 남만南蠻 인의 머리인지 구분할 필요도 없다. 온몸 가득 국물을 품은 만두를 한입 베어 물면 심장박동이 다시 펌프질을 시작한다.

그 흔한 당면 한 조각 찾기 힘든, 오직 고기와 김치로 가득 채운, 그야말로 제대로 된 김치만두다. 잘 익어서 살짝 칼칼하고 쿰쿰한 내음의 김치를 품은 만두가 예사롭지 않다. 만두를 내는 다른 노포들이 대개 고기만두를 앞세우지만 이 집은 오직 김치만두만 판매하는 이유가 이것이리라.

비워버린 그릇을 밀어내고 비빔국수를 앞에 놓는다. 비빔국수 그릇을 가슴 앞에 놓는 순간 심장의 박동은 이미 한계치를 넘어 버렸고 입안은 침으로 가득 찬다.

시나브로 머릿속까지 깊이 파고든 고소한 참기름 향이 온몸의 신경을 이미 마비시켰다. 순간 소주 생각이 간절했지만, 파주에서 인천까지의 대리운전 비와 마눌님의 '이쁜' 얼굴을 떠올리니 무리수는 두지 않는 것이 장수에 도움이 될 것 같다는 생각이 든다. '오래 살아야지. 세상에 가 볼 노포가 얼마나 많은데'라며 다독인다.

이름은 비빔국수지만 면은 칼국수의 면을 그대로 사용한다. 칼칼하면서도 새콤달콤한 양념장을 면에 붓고 채 썬 오이를 함께 주물럭거린 후 그 위에 다시 오이채 고명을 올렸다. 그리고 질 좋은 참기름 한 번 더 두르는 것으로 마무리. 이제껏 맛본 칼비빔면 중에 세 손가락 안에 꼽을 만큼 맛있다.

문득 문래동 철공소 골목의 '영일분식'을 문산으로 옮긴 게 아닐까 하고 착각할 정도로 완성도가 높다. 이곳이 참기름 용량 조정에 조금 더 섬세한 듯한 느낌. 디테일까지 강한 것이 진정한 강자이지 않을까.

조금씩 몰려드는 사람들과 서울에서의 다른 일정 때문에 그릇을 비우자마자 자리에서 일어났다. 오랜만에 들린 밀밭식당은 여전히 그대로였다. 단 하나 아쉬웠던 것은 예전 간판을 걷어내고 새 간판을 올린 것. 허름하고 빛바랬지만 멋들어진 옛 간판이 이 집을 처음 찾게 된 이유였는데 그 점은 굉장히 안타까운 부분이다. 가게 인테리어에 다시 사용했어도 나쁘지 않았을 텐데 말이다.

경기 하남

마방집

100년 넘은 한옥에서 맛보는 호화로운 한정식

재료 본연의 맛에 충실한 최소한의 간

80년 된 된장으로 끓여내는 찌개와 나물의 향연

주소 경기 하남시 하남대로 674

전화번호 031-791-0011

100년 전 한양을 찾는 여행객들을 위한 식당 겸 호텔로 시작했다. 재료 맛을 최대한 끌어낸 갖가지 나물의 맛을 즐겨보시길. 돼지 갈비 장작구이와 된장찌개로 호화로운 한상을 완성한다.

요즘은 자동차가 생필품이지만 100여 년 전에는 말이나 나귀가 자동차 역할을 대신했다. 머나먼 지방에서 한양까지 가자면 열흘에서 보름 이상은 잡아야 하는 긴 여정이었는데, 말의 중요성은 요즘의 자동차와 크게 다르지 않았을 것이다. 말을 잘 먹이고 잘 쉬게 하는 것이 편안한 여정과 직결되는 문제다. 귀한 말을 사람 눈이 닿지 않는 외진 곳에다 두면 지나가는 사람들의 손을 탈 수도 있고, 밤이라면 인근 야산의 짐승들에게도 해를 당할 수 있을 테니 마구간이 아주 중요했을 것이다. 이런 수요와 필요를 고려하여 생긴 것이 바로 '마방馬房'이다. 사전적인 의미로 보자면 '마구간을 갖춘 주막집'이라는 뜻인데, 아마도 요즘으로 치자면 주차장을 완비하고 주유도 가능한 식당 겸 호텔이라고 할까? 100여 년 전에는 전국의 주요 교통 요지에 마방이 자리 잡고 있었지만 지금은 남아있는 곳이 없다.

오늘 소개할 집은 1918년(또는 1920년)에 개업한, 무려 100년이 넘은 역사를 가진 하남시의 식당 '마방집'이다. 우리나라의 외식업이 그리 발달하지 않았던 시절, 교외에서 과감하게 영업을 시작했다는 점이 굉장히 관심을 끈다. 아마도 하남이라는 지리상의 중요성 때문이 아닐까 싶다. 하남에서 도성이 있던 한양(강북)까지는 대략 24킬로미터 정도(요즘의 길을 기준으로 한 것)인데, 사람의 걸음 속도를 1시간에 4킬로미터로 계산하면 6시간 정도 걸린다는 계산이 나온다. 말을 이용했다면 그 절반 정도가 걸렸을 것이다. 그러니 하남은 한양에 들기 전 기나긴 여정 동안 쌓인 여독을 풀고 의관을 정제하기엔 가장 적합한 곳이 아니었을까? 사람과 말 모두 오랜 여행의 피로를 맛있는 음식으로 잠재울 만한 장소로는 이만한 곳이 없었을 것이다.

이 집 음식은 '한정식 상차림'처럼 나온다. 하지만 추측건대 이 집의 예전 음식은 지금과는 많이 달랐을 것이다. 요즘과 같은 거한 음식상은 도시 사람들이 주말을 즐기기 위해 교외로 나오기 시작한 때부터 만들어졌을 것이다. 어찌되었든 지금은 '한정식'이라는 이름으로 불리는 메뉴가 마방집의 대표 메뉴다. 갖가지 나물 찬들이 상을 가득 채우고, 80년 됐다는 이 집만의 된장으로 끓인 찌개가 보글거리며 큰 상 한편을 차지한다. 추가로 주문한 고추장 양념의 '돼지 장작 불고기'

한 판도 상에 올리면 어지간한 한정식 상 구색은 갖춘 편이다.

상에는 모두 스무 가지 정도의 나물이 오른다. 가짓수는 많지만 접시가 작은 편이라 과식 걱정은 덜 수 있다. 오히려 평소 접하기 힘든 산나물류를 다양하게 맛볼 수 있다는 것이 가장 큰 장점이다. 개인적으로 비빔밥을 좋아해 찬으로 나물만 보이면 비빔밥을 만들어 먹는 편인데, 이곳에 오면 거의 스무 가지의 나물을 밥과 함께 비빌 수 있으니 한 번씩 찾지 않을 수가 없다. 그릇 가득 나물을 올리고 그 위에 진한 된장찌개 한두 숟가락 끼얹으면 웬만한 유명 산채 비빔밥집보다 훨씬 풍성한 비빔밥을 만들어 낼 수 있다.

나물 비빔밥을 크게 한 술 덜어 입에 넣으면 예상치 못한 다양한 식감과 함께 이게 맛인지 향인지 구분하기도 어려운 다양한 나물의 맛을 볼 수 있다. 무슨 나물인지 궁금하다면 상 위에 테이블 매트처럼 깔린 종이를 참고하면 된다. 이 집에서 먹을 수 있는 나물의 종류와 효과를 자세하게 적어 놓았다.

얼마 전 이 집을 찾으면서 일본 도쿄의 '야부소바'가 문득 떠올랐다. 두 노포 사이의 공통점 몇 가지가 보였다. 마방집 건물은 민속 사료적 중요성을 인정받아 경기도의 향토지적재산으로 등록되어 가치를 인정받고 있는데, 도쿄의 야부소바도 120년이 넘은 건물 자체가 동경도 문화유산으로 등록되어 그 역사성을 인정받고 보존도 이뤄지고 있다.

마방집에서 한정식을 주문하면 된장찌개를 기본으로 내는데, 80년 된 오래된 된장으로 끓여 맛이 깊고 진하다. 장류를 가지고 만드는 음식에서 시간의 역할은 무엇으로도 대체할 수 없다는 점을 감안한다면, 이 집 된장찌개 맛에 충분히 공감할 수 있을 것이다. 야부소바에서도 맥주를 주문하면 기본 안주로 오래된(30년 정도 되었다고 기억한다) 된장을 내준다. '맥주 안주로 된장이라니'라고 할 수도 있겠지만, 이 된장이 정말 매력적이다. 맥주 한 잔을 마신 후 된장 한 젓가락을 입에 넣으면 된장의 농축된 맛이 혀끝에서 퍼져 나가는데, 그 맛을 잊을 수 없어 야부소바를 다시 찾을 정도다.

가장 유사한 점은 두 집 모두 재료 본연의 맛에 굉장히 충실하다는 것. 마방집은 다양한 산나물이 주종인데 산나물의 향과 식감, 맛을 살리기 위해 최소한의 간을 사용해 조리한다. 야부소바의 소바 역시 메밀 본연의 맛과 소바유의 향을 잘 살리는 데 심혈을 기울인다. 야부소바 건물은 몇 년 전 화재로 전소되어 원래 있던 자리에 새롭게 복원되었지만, 하남의 마방집은 올해 인근 지역의 개발로 인해 문을 닫아야 한다는 것이 차이라면 차이점이다. 향후 이전 및 복원 계획이 나오지 않았는지 들리는 이야기는 아직까진 없으니 이 점은 조금 아쉽다.

돼지 장작 불고기는 잘게 다진 고기를 채소와 함께 고추장 양념에 재워 다시 구워낸다. 남도의 떡갈비나 언양불고기와 약간 유사한 모양새다. 그리 맵거나 심하게 달지도 않아 술을 주문해 드시는 어르신들도 자주 볼 수 있다.

음식들은 산나물 위주의 반찬들이라 건강식이라는 느낌을 강하게 준다. 많은 사람들이 찾는 곳이라(심지어 평일에도) 음식을 미리 한 후 조금씩 담아내기 때문에 약간 차가울 수도 있다는 점은 조금 아쉽기도 하다.

이 집을 함께 찾았던 친구는 과도한 업무 스트레스로 인한 당뇨로 식단 관리 중이었는데 이 집의 음식을 접하곤 자신에게 너무나 적합한 음식이라며 기뻐하기도 했다. 조금 더 오지랖을 부리자면, 비건이나 베지테리언을 위한 메뉴를 개발해 보는 것도 나쁘지는 않을 듯하다. 요즘은 그 수요도 빠른 속도로 늘어나는 추세이고, 한식에 관심을 가지는 외국인도 많아지고 있으니 이에 대한 수요도 이끌어 낼 수 있을 듯하다.

그나저나, 물레방아 도는 연못 옆 정자에서 남이 옮겨다 주는 큰 상 받아 밥 먹는 호사도 이제는 끝날 것 같은데, 이젠 어디서 이런 호사를 다시 누릴 수 있을까.

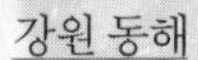

덕취원

87년 내공이 담긴 전율의 중국집
해삼부터 오징어까지, 바다를 가득 품은 삼선짬뽕
불향을 입혀 기가 막히게 볶아낸 볶음밥

주소 강원 동해시 대동로 118 덕취원
전화번호 033-521-4054

동해바다가 모두 들어있는 것 같은 덕취원의 삼선짬뽕은 반드시 먹어보아야 할 전국 3대 짬뽕 중 하나다. 3대 90여 년 가까운 내공이 삼선짬뽕 한 그릇에서 그대로 느껴진다. 요리를 맛보지 못한 것이 아직도 후회될 정도.

『장미의 이름』, 『푸코의 진자』 등을 쓴 소설가이자 세계적인 기호학자인 움베르토 에코의 글에 세계에서 가장 오래된 식당 이야기가 나온다. 프랑스 파리의 '라투르다르장La Tour d'Argent'이라는 곳이다. 1582년 영업을 시작한 프랑스의 노포인데, 파리를 찾는 관광객들이 가장 가고 싶어 하는 레스토랑 중 하나이며 가장 오랫동안 미슐랭 3스타를 유지했던 곳(1933년~1996년, 지금은 1 스타로 강등)이기도 하며, 약 45만 병의 와인을 보유한 와인 셀러로도 유명하다. 이런 곳이다 보니 움베르토 에코는 말년의 작품인 『프라하의 묘지』에서 "나는 누구인가. 맛있는 요리를 좋아한다는 것만 안다. 라투르다르장을 입에 올리기만 해도 전율이 일어난다"라고 쓰며 극찬했다.

나도 이와 같은 큰 감동을 주는 식당을 만나게 됐다. 서울이나 인천, 부산 등 대도시가 아닌 강원도의 작은 도시 동해시에 있는 중식당이었다. 동해는 관광객들의 관심에서는 조금 벗어나 있는 도시다. 나 역시 찾을 기회가 그리 많지 않았다. 언제였는지 기억도 나지 않지만 굳이 기억을 끄집어내자면, 인생 첫 차(빨간색 소형 승용차)를 인계받던 날 동해안과 남해안 그리고 서해안을 따라 1,500킬로미터를 1박 2일 동안 운전하며 여행했던 적이 있는데, 그때 잠시 스쳐 지나간 정도일까.

강릉에서 정동진을 지나 동해 시계로 접어들면 낮게 드리워진 건물과 시멘트 공장이 높이 솟은 풍경만이 한동안 시선을 끈다. 거리엔 대형 덤프트럭과 화물트럭이 승용차만큼이나 많이 다닌다. 다소 생뚱맞다고 해도 될 이 도시에 오래된 중국집 하나가 있다. 게다가 중국집 마니아들 사이에서는 전설로 통하는 곳이다. 무려 87년이나 문을 열고 있다.

망상해수욕장에서 잠시 망상에 빠져 있다가 '덕취원德聚園'에 도착한 시각은 오후 2시경. 손님들이 한바탕 지나간 후다. 이 시간은 직원들이 잠깐 숨을 돌리며 쉬거나 자신들이 먹을 식사를 준비하는 시간이다. 2층 좌석으로 안내받아 올라가니 곳곳에 오래된 노포의 흔적들이 눈에 들어온다. 사장님께 음식을 추천해 달라 청하니 삼선짬뽕을 적극 권하신다. 그래서 삼선짬뽕과 볶음밥으로 주문. 조금은 부담스럽지만 이곳을 찾을 기회가 자주 있는 것은 아니니 조금 무리하기로 한다.

볶음밥과 삼선짬뽕이 거의 동시에 나왔다. 손님도 별로 없는 바쁘지 않은 시간이라 음식 나오는 시간을 조절해 주었으면 더 좋았을 텐데 하는 마음이 든 것도 사실이지만, 이런 건 너무 디테일한 부분이고 내 욕심일 수도 있다. 이처럼 두 가지 메뉴가 동시에 나올 경우 내 나름의 전략이 있는데, 국물이 있는 면 음식을 가장 먼저 먹는 것이다. 면 음식은 면의 상태와 익히는 정도가 중요하기 때문에 시간이 중요하다. 자칫 꼼지락거리다 면이 불어버려 골든 타임을 놓치면 음식의 제대로 된 맛을 놓칠 수 있다.

덕취원의 삼선짬뽕은 그야말로 바다를 담고 있다. 거센 파도가 휘몰아치는 동해처럼 입안의 국물에서는 오만가지 바다의 기운들이 요동친다. 깊은 바다의 묵직함과 얕은 바다의 거친 기운이 한 수저의 국물 안에서 구현되니 정말이지 '어~ 죽인다'라는 말을 내뱉지 않을 수 없다. 진짜, 죽인다.

젓가락을 들어 가득 쌓여 있는 건더기를 이리저리 흩트렸다. 동해의 깊은 바닥에서 표면까지 살고 있는 모든 해산물이 가득 담겼다. 물에 불려 잘 삶은 해삼의 식감은 마치 살아있는 해삼을 씹는 것 같은 생생함을 느낄 수 있었고, 씨알 굵은 전복의 살은 너무나 탱글탱글해 감동받지 않을 수 없었다. 오징어를 국화 꽃송이로 승화시킨 칼 솜씨에서는 이 집 주방장님의 내공을 고스란히 엿볼 수 있었다.

산에서 갓 따온 듯한 청경채와 목이버섯, 표고버섯의 식감과 질감 그리고 향은 다른 중국집 짬뽕에서는 경험해 본 적 없는 수준이다. 그나마 평범하다고 느낀 재료가 깔끔하게 다듬어진 커다란 새우였으니 더 이상 붙일 사족은 없을 듯하다. 짬뽕이란 음식이 어떻게 요리가 될 수 있는지를 확연하게 보여준다고나 할까.

'반만 먹고 남겨야지'라고 했던 다짐은 어느새 머릿속에서 지워버렸다. 반주에 대한 커다란 갈망이 있었지만 4시간 동안 운전을 해야 하는 상황이라 허벅지를 바늘로 찌르는 마음으로 참아내야 했다. 어느새 바닥을 보이는 짬뽕 그릇을 한편으로 밀어 놓고 볶음밥을 무대로 올렸다. 함께 나온 계란탕을 보자마자 입에 대지 않고도 그 맛을 이미 알 수 있었다.

요즘 중국집에서는 짬뽕 국물을 미리 만들어 두고 밥류의 음식에 함께 내주는 것이 일반적이지만 옛날 중국집에서는 항상 계란탕이 나왔다. 나는 이 계란탕으로 주방장의 실력을 가늠하기도 한다. 이 집처럼 계란을 실처럼 가늘게 풀어낸 수준이라면 그 실력을 의심하지 않아도 된다. 게다가 전분을 풀지 않은 국물에서 이런 모습을 낼 수 있다는 것은 그야말로 고수다.

기름기 가득한 웍에서 튀기듯 구워 낸 계란 프라이에서도 주방장의 열정을 고스란히 느낄 수 있었다. 계란 프라이 밑에는 포슬포슬하게 불향을 입혀 잘 볶아낸 볶음밥이 다소곳이 자리 잡았다. 쌀 한톨 한톨 사이 잘 스며든 불향이 적절하게 양을 조절한 기름의 고소한 냄새와 환상적인 조화를 이룬다. 강한 불에 바짝 볶은 밥알 겉면의 탄탄한 식감도 기가 막힌 수준이다. 입안에 기름기가 조금 느껴진다 싶으면 계란탕을 한 수저 뜨면 금방 깔끔해진다. 간은 약하지만 볶음밥 맛을 탄탄하게 받치며 감칠맛을 끝까지 밀어 올린다.

'취재 일정을 하루 더 늘려야 하나'라는 생각이 스멀스멀 올라올 무렵, 내일 일정이 생각나 금세 시무룩해졌다. 오랜만에 진짜 중국집을 만났다는 생각이 머릿속을 떠나지 않았다. 이런 집이라면 요리를 먹어봐야 하는데 그러지 못하는 것이 너무나 아쉬웠다. 하지만 덕취원에 한 번 더 찾아오라는 신의 계획이 아닐까하며 마음을 정리한다. 이런 식당이라면 4시간이 아니라 10시간도 기꺼이 운전할 수 있을 것 같다.

사장님께 정말 맛있게 잘 먹었다고 두 번 세 번 인사하며 나왔다. 얕고 짧은 지식에 기대어 음식과 술을 먹으러 다니는 사람이지만 좋은 음식을 만들어 내는 분들에게는 한없이 공손해질 수밖에 없다.

운전대를 잡으며 푸코의 구절을 다시 떠올렸다.

"나는 누구인가. 맛있는 요리를 좋아한다는 것만 안다. '덕취원'을 입에 올리기만 해도 전율이 일어난다."

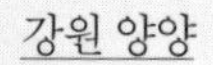

강원 양양

단양면옥

우리나라에서 가장 오래된 면집
가자미회 무침이 올라가는 막국수라니!
수육의 본연에 충실한 진짜 수육의 우직한 맛

주소	강원 양양군 양양읍 남문6길 3
전화번호	033-671-2227

단양면옥의 가자미회 무침은 이제는 강원도에서도 쉽게 접해 볼 수 없는 진미 중의 진미. 적절한 텐션의 식감은 명태 회무침에서는 느낄 수 없는 것. 명태회 무침 고명에 만족해 왔던 당신에게 보내는 100년 노포 면옥의 반격!

최근에는 서핑을 즐기기 위해 양양을 찾는 사람들이 상당히 많아졌다고 한다. 내가 서핑이 멋있는 운동이라는 것을 알게 된 것은 키아누 리브스와 패트릭 스웨이지가 주연한 영화 〈폭풍 속으로〉 때문이다. 벌써 30년이 넘게 지났다. 패트릭 스웨이지가 거센 파도 속으로 서핑보드를 타고 사라지는 마지막 장면은 내가 본 영화 중 가장 인상적이었던 엔딩이었고, 그 영화를 본 후 서핑 배울 곳을 여기저기 찾아보기도 했다. 하지만 인터넷이 없던 그 시절 찾을 수 있는 정보는 무척 한정되어 있어 배우기가 어려웠다.

젊은이들은 서핑을 하러 양양으로 가지만 나는 우리나라에서 가장 오래된 면 집이 있다고 해서 양양에 간다. 그 집은 바로 '단양면옥'이다. 점심시간을 조금 지난 후 도착했다. 오기 전 인터넷에 미리 검색해 보니 예전 건물을 개보수하면서 간판까지 바꿔 달았다고 한다.

자리에 앉으니 직원분이 뭘 드실 거냐고 물으시며 면수를 내주신다. 막국수가 좋을지 함흥냉면이 좋을지 결정을 내리기가 어려워 "저 여기 처음 오는데 어떤 게 좋을까요?"라고 여쭈니 지금은 막국수가 더 나을 거라 하신다. 그래서 바로 비빔막국수와 수육을 주문했다.

노포를 좋아하는 내게는 맛의 유무보다는 '가장 오래된 면집'을 찾았다는 상징적 의미가 더 컸다. 그래서 맛에 대해서는 커다란 기대나 편견도 가지지 않았는데, 테이블에 놓인 면수를 한 모금 마시는 순간, '오!' 하는 감탄이 나도 모르게 나왔다. 보통 면수는 메밀 전분을 많이 담고 있어 꽤 무거운 편인데 이 집의 면수는 달랐다. 깔끔하고 산뜻한 느낌이었다. 면수가 이런 텍스쳐도 가질 수 있구나 하고 새롭게 깨닫는 순간이었다.

수육도 금세 따라 나왔다. 서울의 여느 음식점에서 내놓는 화려하고 요란한 외향의 수육이 아닌, 수육의 본연에 충실한 모습이었다. 기교도 없고 화려함도 없는, 투박하고 정갈한 외향이 눈에 들어온다. 영화 〈넘버 3〉에서 송강호의 대사처럼 "어? 너 손님이냐? 손님? 난 수육이야"라고 내게 말하는듯하다. 좋은 고기를 덤덤하게 삶아 식힌 후 잘 썰고, 보쌈김치마냥 함께 올려놓은 가자미회 무침이 이 집 수육의 매력이다. 먹기 좋은 두께와 크기로 잘라 접시에 반듯하게 눕힌 수육에 생각이 많아진다. 여기서 속초 숙소까지 대리비가 얼마나 나올까?

수육에 올린 가자미회 무침은 요즘 만나기 어려운 음식이다. 가자미가 옛날만큼 많이 잡히지도 않고 가격도 워낙 비싸 냉면이나 막국수의 고명으로 올리기에는 부담스러운 것이 현실이다. 그래서 오래전부터 많은 집들이 명태회 무침으로 대체하고 있는데, 이 집은 여전히 가자미회 무침을 고집한다. 역사가 오래된 음식점을 찾으면 이런 뜻하지 않은 행운을 만날 때가 있다.

명태회 무침도 맛있긴 하지만 식감에 있어서 가자미회 무침에는 비할 바가 아니다. 적당히 누그러뜨려 맛있게 양념한 가자미회를 씹을 때 느끼는 적절한 텐션과 부드러움은 어디에서도 느낄 수 없는 독특한 경험이다.

수육은 갓 잡은 돼지를 삶아낸, 아무것도 넣지 않고 된장만 풀어 삶은 것 같은 맛이 난다. 번잡스럽게 커피나 후추, 팔각 등 각종 향신료 따위는 전혀 넣지 않고 된장에 대파, 그리고 마늘만 넣고 삶아낸 것 같은 수육. 시골 장터의 좌판에서 갓 삶은 돼지고기 수육을 받을 때 맡을 수 있는 육향을 느낄 수 있다. 야성이 살아 숨 쉬고 있다고 할까.

단양면옥의 수육을 가장 맛있게 먹는 방법은 수육 한 점에 가자미회 무침 하나를 얹어 먹는 것이다. 돼지고기의 지방과 살코기가 적절한 비율로 어우러진 데서 나오는 식감에 조금은 질긴 듯하면서도 입에 걸리듯 탄탄함을 보이는 가자미회의 식감이 절묘하게 어우러진다. 여기에 야성적인 수육의 향과 이 집만의 양념이 어우러지면 언어로는 표현할 수 없는 맛의 향연이 입안에 펼쳐진다. 새우젓이나 강원도식 김치를 함께 곁들일 때와는 차원이 다른 조합이다.

처음 온 손님에게 막국수를 권한 것은 이 집의 역사 때문일 것이다. 단양면옥의 시작은 초대 사장님이 직접 키운 메밀을 나무 땔감으로 삶아 장날에 막국수를 팔면서 시작됐다고 한다. 그 후 2대째 사장님이 1965년도부터 함흥냉면도 메뉴판에 올렸는데, 이 무렵부터 가자미회 무침도 함께 냈을 것이다. 아무래도 함흥냉면을 먹기 위해 다시 한번 찾아야 할 듯.

비빔막국수는 다소곳이 똬리를 튼 메밀면 타래 위에 간단한 고명이 올라가 있다. 채 썬 오이와 가자미회 무침 그리고 삶은 계란 반쪽이 전부다. 고기 고명은 없다. 소박한 차림이지만 그 진심이 와닿는다. 육수 주전자를 들어 바닥이 조금만 잠길 정도로 붓고 국수를 비빈다. 삶은 계란은 다치지 않게 조심조심. 자칫 노른자가 부스러지면 본래의 맛을 희석시킬 수 있다. 젓가락으로 면을 휘저으면 거칠게 으깬 참깨 향이 쓱 올라오는데 이 향이 꽤 위협적이다.

고소한 향에 마음이 조급해진다. 급하게 국수를 한 젓가락 들어 입에 넣는다. 우선 느껴지는 것은 툭툭 잘리는 메밀면 특유의 식감과 향, 그리고 바로 가자미 회의 서걱서걱하는 식감과 감칠맛이 이어지는데, 여기에서 겨우 붙들고 있던 이성이 날아간다. 그릇째 들고 얼굴을 들이민다. 아직 맛보지 못한 최고의 국수들이 세상엔 너무 많다는 것을 다시 한번 깨닫게 될 때쯤, 양념장 육수만 남은 그릇의 밑바닥을 보게 됐다.

동네 주민인 듯한 옆자리 손님을 보니 찬으로 내준 하얀 무채를 막국수에 넣어 같이 비빈다. 순간 후회막심. 참을 수 없는 식탐에 조금 더 맛있게 먹을 수 있는 방법을 놓쳐버렸다니. 대신 메모장에 메모해 둔다. '다음번엔 꼭!'이라며 느낌표까지 함께 달아 놓았다.

한동안 강원도의 막국수에 소홀했다. 어디를 가든 비슷한 맛과 모양에 조금은 질렸던 탓도 있는 것 같다. 어지간한 집들은 다 찾아보았다는 자만심 같은 것도 있었는데, 이곳에 와서야 내가 얼마나 시건방을 떨었는지 깨달을 수 있었다. 단양면옥의 막국수 한 그릇에 그동안 사그라들었던 관심이 살아나는 듯하다.

이 좋은 음식에 술을 곁들이고 싶어 부러 수육과 가자미회 무침을 반 정도 남겨 포장을 부탁했다(포장 가능). 이 집에서 음식을 먹은 후 7시간 정도 지나 호텔에서 소주를 곁들이며 먹었는데, 처음 먹었을 때와 맛의 차이가 거의 없었다. 고기는 여전히 육향이 가득했고, 가자미회 무침의 매력도 강력했다.

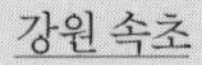

후포식당

제철 생선으로 만드는 최고의 생선조림과 무침회
한국에서 가장 오래된 생선 요릿집
명태회 무침과 가자미식해가 반찬으로 나오다니!

주소 강원 속초시 중앙로108번길 22-1
전화번호 033-632-6738

30여 년간 수십 번 다녔던 속초에서 유일하게 기억에 남는 음식점. 가자미식해 반찬에 소주 한 병, 무침회에 소주 한 병, 그리고 조림에 소주 한 병. 도저히 맨정신으로 나올 수 없는 현지인들의 숨겨둔 맛집.

어느 날 최백호라는 가수가 내 마음에 들어왔다. 〈부산에 가면〉이라는 곡을 시처럼 읊조리는 일흔이 넘은 노가수에게서 중후한 매력을 보게 되었다. 경상도 사투리가 살짝 스며들어 있는 노가수의 음성은 낮게 깔리는 중저음으로 모든 음들을 다독였고, 어떤 기교도 없이 소탈하게 한음 한음을 짚어나가는 노랫말들은 어느새 내 가슴에 강하게 각인되어 버렸다. 이후 그의 곡들을 쭉 들어보았는데, 커버하는 장르의 스펙트럼이 굉장히 넓어 또 한 번 놀랐다. 그럼에도 전혀 어색하지 않았다. 아마도 이는 탄탄한 기본기에 포용성이 더해지고, 젊은 가수들과의 협업도 두려워하지 않고 새롭게 도전하는 적극성이 어우러져 만들어 낸 결과일 것이다. 묵묵히 한 길을 걸어오며 다져 온 단단함이 다시 한번 전성기를 가능케 하는 것이라고 결론을 내렸다.

내가 자주 찾는 노포들은 거의 모두 이런 기본기를 갖추고 있다. 그중에서도 특별히 탄탄한 기본기를 자랑하는 노포들이 몇 있는데, 얼마 전 들렀던 속초의 항구 옆 작은 식당도 그런 곳이었다. '후포식당'이 바로 그곳이다.

1965년 개업한 이 식당은 사람들에게 '가장 오래된 생선 요릿집'으로 불리기도 한다. 삼면이 바다인 우리나라는 해안을 따라 많은 식당들이 들어서 있지만 그 많은 식당에서 취급하는 음식의 종류는 식당 수에 비해 한정적인 것이 사실이다. 크게 나누자면 회와 탕(국), 구이 정도로 나눌 수 있다.

이 중에서도 회와 구이가 가장 오래된 생선 조리법일 것인데, 다른 방법들은 시간이 흐르며 차츰 생겨난 것이리라. 조림은 갖은양념이 생기고 그 양념을 효율적으로 사용하는 방법이 발달한 후 도입된 것인데, 찜이나 튀김과 함께 가장 근래에 나온 조리법이다.

후포식당이 생기기 전에도 조림이나 찜을 내는 생선 요릿집은 존재했을 것이다. 그러나 생선회나 구이, 탕에 추가하는 정도였을 것이고, 완성도는 그다지 높지 않았을 것임에 분명하다. 하지만 이 집은 개업 초기부터 조림과 탕을 전문으로 하는 식당으로 운영하며 '가장 오래된 생선 요릿집'과 같은 별칭이 붙었다.

낮 동안 두 곳의 식당을 들른 후 가장 마지막에 이 집을 찾았다. 이곳을 방문하기 전 가득 찬 배를 꺼트리려 노력은 했지만 역부족. 게다가 생선조림이나 탕을 전문으로 하는 곳은 일반적으로 다인분의 음식을 판매하는 곳이라 음식량에 대한 부담도 조금 있었다.

그러나 미닫이문을 열고 이 집에 들어서는 순간, 이 집과 사랑에 빠지고 말았다. 전국 방방곡곡을 돌아다니며 음식점을 찾아다니다 보니, 음식점 입구에서 맡는 냄새만으로도 그 집 음식의 완성도를 가늠할 수 있을 때가 있는데, 이 집은 그런 확신을 강하게 주는 집이었다.

좋은 재료와 양념이 한 냄비에서 끓으면서 점점 더 짙은 농도를 만들며 퍼져나가는 향은 너무나 매력적이다. 국이나 탕에 비해 적은 양의 물을 사용하는 조림은 그 향이 훨씬 강하고 진한 편이라 냄새만 맡아도 음식의 맛을 쉽게 짐작할 수 있다. 후포식당을 가득 채운 그 달콤하고 향긋한 향은 내게 이렇게 속삭였다.

"왜 이제야 왔어? 너무 오래 기다렸잖아."

저녁 6시를 조금 넘은 시간, 다행히 자리가 몇 남아 있었다. 이 집에서 가장 유명하다는 '생선조림(소)'과 '무침회(소)'를 주문하고 화장실에 다녀오니 짧은 5분 동안 자리가 다 차버렸다. 개방된 주방을 통해 양푼에 갖은 채소와 생선회를 넣고 회를 무치는 모습을 볼 수 있었다. 화구 위의 납작한 냄비에서는 생선조림이 참을 수 없는 냄새를 피우며 보글보글 끓고 있었다. 강렬한 조림 냄새를 이기지 못하고 결국 소주도 함께 주문한다.

이 집은 기본 찬부터 달랐다. 사실 속초라는 관광지의 특성상, 관광객을 대상으로 하는 식당들의 성의 없는 상차림은 어느 정도 각오하고 있었다. 이미 여러 번 경험했던 것이기도 하다. 그러나 이 집에는 다른 식당에서는 추가로 돈을 지불해야 맛볼 수 있는 수준의 '명태회 무침'과 '가자미식해'를 무려 반찬으로 내주었다. 양손이 바빠지기 시작한다.

특히 가자미식해는 굉장히 잘 숙성되어 너무나 맛있게 먹을 수 있었다. 잘 삭힌 가자미식해는 입에 넣자마자 흔적도 없이 사라졌다. 신선한 게장과 명태회 무침의 오묘한 식감은 어느 곳에서도 쉽게 맛볼 수 없는 최고의 수준을 보여주었다. 기본 찬에 이미 소주 반병을 순삭. 가자미식해를 먹을 땐 소주가 아니라 막걸리를 주문할 걸 그랬나 하고 후회도 잠시 들었다.

반찬을 탐닉하고 있는 사이 무침회가 나왔다. '회무침'이 아니고 '무침회'다. 다른 집들은 자신들이 내는 음식의 값어치를 강조하기 위해 생선 이름을 앞에 놓지만, 이 집은 무침회라고 일반명사화해 버렸다. 생선 이름조차 붙지 않는다. 겸손함이 묻어 나는 메뉴명이다. 생선조림도 마찬가지. 그냥

'조림'이다.

이 집은 그날그날 들어온 생선 중 상태가 좋은 녀석을 골라 사용하기 때문에 재료가 계절이나 조황에 따라 매번 바뀐다. 내가 찾은 날 무침회에는 오징어와 가자미가 주재료로 사용됐다. 요즘 하늘 높은 줄 모르는 가격의 오징어와 가자미가 15,000원짜리 무침회의 주재료라니. 가성비와 같은 잡스러운 단어로 이 음식을 논하는 것은 예가 아니라는 생각이 들었다.

탱글탱글한 오징어 살과 살짝 녹은 아이스크림을 씹는 것 같은 가자미 회의 독특한 식감이 초무침 양념을 구름판으로 삼은 듯 뛰어오른다. 그리곤 입안에서 양학선 선수처럼 난이도 7.4의 '양(학선)' 기술을 선보이며 온몸을 비틀더니 목구멍으로 안착한다. 착지도 안정적. 심사위원 점수로 퍼펙트를 받았으니 소주 한 잔 추가. 퍼뜩 이러다 기어서 나갈 수도 있겠다는 느낌이 강하게 든다.

소주 한 병이 순식간에 사라졌다. 다시 한병 더 주문. 기가 막힌 냄새를 피워 올리는 전골냄비가 나왔다. 국물이 끓으며 작은 거품이 톡톡 터지는데 그 소리가 참 경쾌하다. 거품이 터질 때마다 조림의 향은 배가 되며 퍼져나간다.

오늘의 생선은 오징어, 열기, 가자미, 장치 그리고 정체불명의 생선 1종 (사장님이 알려주셨는데 기억하지 못했다). 열기의 살은 통통 올라 그 본연의 단맛으로 입안을 가득 채웠고, 처음 맛본 장치는 가자미와 아귀를 한데 뒤섞어 놓은 듯한 식감으로 새로운 맛을 알게 해 주었다.

초빼이는 특히 열기를 좋아한다. 정식 명칭은 '불볼락'이지만 우리에게는 열기라는 별칭으로 더 많이 알려진 생선이다. 내 고향 마산의 어시장에서 흔히 볼 수 있었던 생선인데, 이 녀석의 맛이 참 좋다. 굽거나 졸이면 살이 단단해지며 단맛이 올라오는데 아마도 생선 단맛 중에선 가장 맛있는 단맛이 아닐까 싶다. 그래서 열기는 소금구이나 조림으로 자주 먹는다. 특히 소금구이로 먹을 때 열기 특유의 깊은 단맛을 소금이 기가 막히게 끌어낸다. 조림일 때는 매콤달콤한 양념이 스며들며 감칠맛을 최고로 올려준다.

딱 적당하게 달콤하고 매콤한, 조림 국물을 가득 머금은 무는 특유의 맛과 향으로 조연 역할을 톡톡히 하고 있다. 생선조림을 많이 먹어 본 것은 아니지만 후포식당의 생선조림은 내가 먹은 가장 맛있는 생선조림으로 꼽을 수 있을 듯하다. 이제껏 속초에서 찾았던 식당들에 대해 회의가 살짝 들었던 것도 사실이다.

어느새 냄비가 바닥을 보인다. 이 집 문을 열기 전만 해도 배가 너무 불러 음식을 못 먹을 것 같았는데, 정신을 차리고 보니 주문한 두 종류의 음식이 거의 다 먹었다. 이젠 숨 쉬는 것도 힘든 상태다.

사장님께 정말 맛있는 음식을 먹게 해 줘서 고맙다고 두 번 세 번 인사하면서 나왔다. 이런 음식을 내는 집에는 정말 말로 표할 수 없는 고마움을 가지게 된다.

가게를 나와 오른편을 보니 기가 막힌 풍경이 보인다. 어지간한 식당들 주변에서는 주차한 차들을 보지만, 이 집은 바로 옆에 배가 정박하고 있다. 파도에 흔들리며 버티고 선 배를 보며 혹시 이 배로 오늘 먹은 고기를 잡은 걸까 하는 생각도 했다. 재방문 리스트에 또 한 집이 늘어났다.

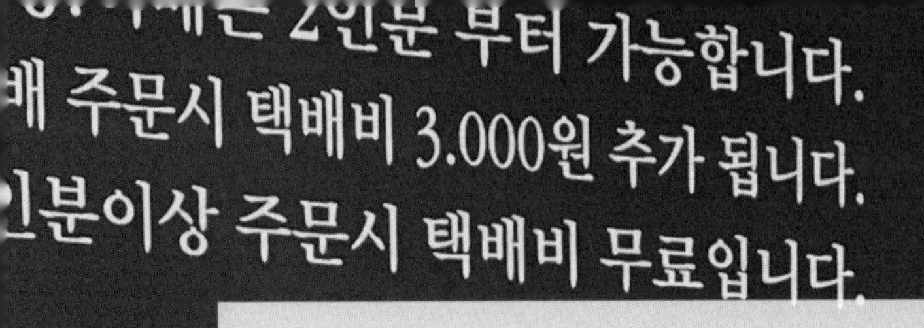

강원 춘천

통나무집닭갈비

잘 숙성된 양념장으로 만드는 닭갈비의 전설
먹는 즐거움뿐만 아니라 보는 즐거움이 있는 음식
노포의 인사이트를 배울 수 있는 집

주소	강원 춘천시 신북읍 신샘밭로 763
전화번호	033-241-5999

이 집의 포인트는 여느 집과 다른 잘 숙성된 양념장에 있다. 달궈진 철판 위의 채소에서 나오는 채즙이 양념장과 어우러져 만들어 내는 케미는 거의 천하무적이다. 일단 먹어보면 이 집의 맛을 이해할 수 있다.

춘천은 북으로는 양구·화천·철원군, 서로는 가평군, 남으로는 양평·홍천군, 동으로는 인제군을 면하고 있어 우리나라 최전방 지역과 남쪽을 잇는 교통의 요지로 중요한 기능을 하는 도시이다. 그래서 아주 오랫동안 군사도시로서 기능을 유지해 왔다.

나 역시도 1993년 군 생활을 1군 사령부 산하 춘천 102보충대로 입소해, 홍천 11사단 신병교육대를 수료하고 강원도 인제에서 26개월간 복무하다 마감했으니, 나름 티끌보다 조금 더 큰 인연이 있는 도시라고 할 수 있다. 강원도에서 군 생활을 했던 사람들은 "강원도 쪽으로는 오줌도 안 누겠다"라고 제대하며 다짐하지만, 강원도 지역이 워낙 관광과 레포츠에 특화된 지역이라 그런 맹세는 정말 의미 없는 다짐이 되기도 한다.

제대 이후 춘천을 찾은 건 2,000년대 초반, 등산과 비박의 재미에 한참 빠져 있을 때였다. 소양강댐 뒤편, 청평사를 품고 있던 오봉산 등산과 비박을 할 때였다. 배후령에서 산행을 시작해 오봉산에서 하룻밤을 보내고 청평사 쪽으로 내려와 소양강댐으로 배를 타고 나오는, 나름 운치 있는 코스를 돌았다. 소양호를 가로지르는 배편으로 소양강댐에 도착한 후 동행들과 제대로 된 식사를 처음 했던 곳이 바로 '통나무집 닭갈비'다.

당시에도 이 집은 이미 많은 사람들에게 노포로 알려진 집이었다. 주변의 닭갈비 집들이 모두 작은 시골 식당 크기였던 데 반해 이곳은 굉장히 큰 규모에 사람이 끊이지 않았던 것이 인상 깊었다.

요즘은 닭갈비라는 음식을 전국 어디에서나 만날 수 있지만 당시만 해도 '닭갈비'라는 명사 앞에는 반드시 '춘천'이라는 지역명이 붙어야 제대로 된 닭갈비로 인식되던 시절이었다. 이 집에 처음 들어서며 '어쩌면 제대로 된 닭갈비집에 온 것 같다'는 생각도 들었다. 이후 춘천을 방문하거나 인근 지역을 찾게 되면 이 집을 반드시 들렀다.

지금은 조금 떨어진 곳에 분점까지 내었으니 1978년 개업 이후 50여 년에 가까운 시간 동안 많이 성장했고 여전히 성장하고 있다. 소문으로는 이 집 사장님이 요식업계에서 0.1%

클럽에 드는 최고 능력자라는 말도 있고, 강원도 내 요식업 사업자 중 가장 많은 세금을 내는 분이라고 하니 성공한 노포의 지향점을 볼 수 있는 곳이기도 하다(연 매출이 몇백억 규모다).

닭갈비 2인분을 주문하자 두꺼운 철판 위에 닭갈비가 금세 올라온다. 먹기 좋은 크기로 토막 낸 닭과, 작은 가래떡 조각 그리고 채소가 재료의 전부다. 여기까지는 다른 집과 그리 다를 바 없다. 그러나 닭갈비 위에 올려진 양념장에서 다른 집과 차이가 난다. 이 집의 양념장은 굉장히 잘 숙성된 것이다.

흔히들 양념장까지 숙성하냐고 의문을 품겠지만 우리나라 음식들이 어디 흔하디흔한 식재료만으로 승부를 볼 수 있는 것이던가. 어느 순간부터 친가나 외가에서 전수 받은 비법이라 홍보하거나 비법의 식재료를 사용한다고 하고, 더러는 몇십 년을 훌쩍 넘는 씨간장까지 들고나오는, 숨겨둔 한 수가 난무하는 그런 치열한 경쟁의 장이 아니던가. 이 무한경쟁의 판에서 숙성된 양념장 하나로 일가를 이뤘다는 것은 결코 허투루 넘겨서는 안 될 중요한 포인트이다.

'기본에 충실하다'는 말을 쉽게들 하지만 그 기본이라는 것의 의미를 잘 헤아리지 못하고 가볍고 단순한 것으로 여기는 경우가 간혹 있는데, 이 집의 음식에서 기본에 대한 인사이트를 찾을 수 있을 것이다. 기본을 지켜나가는 데에는 너무나 많은 유혹들이 도사리고 있다는 것을 우리는 너무나 잘 알고 있다. 이 집의 잘 숙성된 양념장은 그 존재 자체만으로도 다른 집들과의 간극을 넓게 벌리는 아이템이라 할 수 있다.

나는 이 집 닭갈비의 향에 굉장히 큰 매력을 느낀다. 한약재의 향을 기본으로 건강한 단내를 품고 있는 향인데, 이것이 바로 이 집만의 독특한 특징이 되었고 다른 집들과 차이를 만드는 중요한 포인트로 기능한다.

또 다른 차이점은 춘천의 여느 닭갈비 집과 마찬가지로 종업원이 닭갈비를 조리해 주지만 조리 과정에서 타이밍을 정말 잘 살린다는 것. 두꺼운 철판 위에 재료를 놓고 최대한 불을 올린다. 그 앞에 앉은 손님들은 보는 것만으로도 마음을 졸인다. '채소나 고기가 타는 거 아니야?'라는 생각이 들 정도로 오랜 시간을 기다리다 보면 철판 위로 야채의 수분이 나오기 시작한다. 이때가 바로 재료들을 한 번씩 뒤집어 줄 시간이다. 두어 번 뒤집은 후 또 기다리는데, 이 과정을 몇 번 되풀이하다가 양념장이 재료에 잘 베이게 제대로 섞어준다. 그러나 이게 끝이 아니다.

우선은 야채부터 먹고 그다음은 떡 사리, 그리고 닭고기 순으로 먹어야 한다. 재료들이 완전히 익는 시간이 다르기 때문이다. 이 순서와 타이밍을 잘 지켜야 제대로 된 맛있는 닭갈비를 맛볼 수 있다. 한 치의 오차도 없이 돌아가는 아날로그 시계처럼 조리 과정과 시식 순서가 째깍째깍 정확하게 일

치해야 이 집 닭갈비의 완성된 맛을 느낄 수 있는 것이다. 이처럼 정밀하고 섬세한 조리법과 안내를 보면서 성공한 노포는 결코 운이나 우연으로 만들어지는 것이 아님을 다시 한번 깨닫게 된다.

오랜만의 방문이라 금세 닭갈비 2인분을 비웠다. '아, 이 집은 여전하구나!' 하는 생각이 머릿속에 떠오른다. 예전과 다름없이 볶음밥을 주문한다. 볶음밥을 만드는 과정은 그 자체가 하나의 퍼포먼스다. 음식을 단순히 먹는 것이 아니라, 즐길 수 있는 것이라는 사실도 알려주는 것이다. 밥 알갱이 하나하나에 골고루 양념을 묻혀가며 고소하게 볶아내 주는데 이것만으로도 소주 한두 병은 쉽게 마실 수 있을 정도다. 정말 고슬고슬하게 잘 볶아낸 밥이다.

통나무집 닭갈비는 노포의 미래를 볼 수 있게 하는 집이다. 노포로서 강한 생명력을 유지하기 위해서는 가장 기본인 음식에 충실해야 하고, 그 음식을 통해 어떻게 고객들과 커뮤니케이션 할 수 있는지를 잘 보여준다. 식당의 위생과 운영 시스템을 만들고 관리해야 하는 부분에서도 좋은 참고가 될 만하다. 노포에 대한 다양한 인사이트를 얻을 수 있는 집이다.

대전 도마동

한마음면옥

충청도 김치와 사태살이 어울려 만들어 낸 오묘한 '김치비빔'
고소한 참기름과 매콤한 김치가 뒤섞인 매력적인 맛
대전 3대 평양냉면집인 만큼 냉면도 수준급

주소 대전 서구 사마1길 22
전화번호 042-536-0408

대전 냉면 집만의 비장의 무기 '김치비빔'. 충청도식 김치의 묘한 감칠맛과 자투리 수육의 식감이 어우러져 대전을 대표하는 음식이 되었다. 이 음식을 앞에 두고 대전을 '노맛도시'라고 하지 말 것!

청출어람. 『순자』에 나오는 말로 '푸른색은 쪽빛에서 나왔지만 쪽빛보다 더 푸르다'라는 뜻이다. 제자가 스승보다 더 나을 경우나 원전이나 본래의 기원보다 후대나 지류의 것들이 더욱 훌륭한 경지에 이르게 될 경우 주로 쓴다.

사실 따지고 보면 시간이 지날수록 기술이나 문화는 발전하는 것이니, 본래의 것에 비해 청출어람 하지 않는 것이 더 이상한 것이기도 하다. 나는 세상 모든 것들이 매일 매일 청출어람하고 있다고 보는 편이다. 냉면도 그렇다. 세상 모든 평양냉면집이 모여 있는 곳이 서울이고, 서울을 벗어나면 제대로 된 냉면 한 그릇 맛볼 곳이 없을 것 같지만 현실은 우리의 이런 짐작을 보기 좋게 어그러뜨린다. 전국 방방곡곡에 맛있는 냉면집들이 존재하고 있기 때문이다. 특히 대구나 부산, 그리고 대전에 주목할 만한 곳들이 많다. 춘추전국시대처럼 새로운 강자들이 수시로 등장하는 서울에 비해 지방의 평양냉면집들은 굉장히 오래된 노포가 많다는 것도 특징이다.

얼마 전 충청 지역 출장을 위해 냉면집을 사전 조사를 했더니 대전에서만 세 곳의 냉면집이 나왔다. 대전에 평양냉면을 처음 소개한 '사리원 본점'과 1920년 평양에서 '모란봉 냉면'을 창업해 운영하다 한국전쟁 때 대전으로 피난 오며 창업한 '숯골원냉면 본점' 그리고 '한마음면옥'이 그곳들이다. 도마동의 한마음면옥은 대전의 3대 평양냉면집으로 꼽히는 집이지만, 다른 두 곳에 비해서는 비교적 젊은 업체에 속한다. 1996년 창업했으니 28년째다. 초대 사장님은 사리원면옥 주방에서 20여 년을 근무하다 퇴사 후 독립해 한마음면옥으로 자신의 가게를 냈다. 어지간하면 이런 사실을 숨길 만도 한데, 오히려 매장에 사리원면옥에서 냉면과 음식을 배우고 조리 실장으로 근무했다는 사실을 명기해 자신의 뿌리가 사리원면옥에 있음을 당당하게 밝히고 있다. 덕분에 이전 근무처인 사리원면옥과 껄끄러운 분쟁을 피할 수 있었으리라. 게다가 사리원면옥의 냉면보다 이 집 냉면이 입맛에 더 맞다고 하는 사람들도 조금씩 늘어나고 있는 것을 보면, 아직 청출어람까지는 아니지만 '청출'까지는 간 듯한 느낌이다.

사실 이 집은 사전 조사는 했지만 방문 리스트에는 없었던 집이다. 그런데 취재에 도움을 많이 준 대전의 지인이 강력하게 추천해 찾았다. 그가 꼭 맛보라고 추천한 메뉴가 바로 '김치비빔'이다. 서울의 냉면집에선 찾을 수 없는 음식이지만, 음식명이 워낙 직설적이라 김치와 무언가를 비빈 음식이라 쉽게 짐작할 수 있었다. 이 음식은 아직은 사람들에게 덜 알려져 있다. 대전에서도 이 음식을 처음으로 개발한 사리원 본점과 냉면집 몇 곳에서만 내는 음식이다. 그러니 대전만의 로컬 음식이라고도 할 수 있을 것이다.

오픈 시간과 동시에 입장. 자리에 앉으니 따뜻한 육수를 내준다. '냉면집은 육수, 막국숫집은 면수'라고 누가 그랬던가? 요즘은 냉면과 막국수를 가르는 구분이 점점 허물어지는 실정이라 그런 구분이 큰 의미는 없는 것 같다. 어쨌든 기대와 긴장이 함께 하는 마음이 모락모락 김이 올라오는 육수 한 잔에 슬며시 풀어진다. 한 모금 머금으니 조금은 간이 된 듯 맛이 진하다. 기대감도 점점 커진다.

냉면이 테이블에 놓이자마자 김치비빔도 함께 올라온다. 냉면을 먹을 땐 항상 그릇째 들고 육수를 먼저 마신 후 젓가락질을 하는 것이 나름의 루틴이지만 이번엔 순서를 조금 바꾼다. 에피타이저로 나온 육수를 두 잔이나 마셨으니 대략의 맛은 짐작할 수 있는 상태. 눈앞에서 놓인 김치비빔 접시를 앞으로 끌어 놓는다.

김치비빔은 수육을 썰고 남은 자투리 고기를 활용할 방법을 고민하다가 만들게 됐다고 한다. 아무리 자투리라도 소고기 살이니 그냥 버리기엔 아깝다. 그래서 충청도식 김치에 갖은양념과 참기름을 넣고 함께 버무렸더니 꽤 괜찮은 요리가 되었다고 한다. 이름에서 유추할 수 있듯 김치비빔의 핵심은 고기가 아니라 김치에 있다. 충청도식 묵은김치는 맛이나 간이 그렇게 진하지는 않지만 묵은내(군내)가 조금 강한 것이 특징이다. 이 김치에 고춧가루와 설탕 그리고 다른 양념을 조합해 풍성하게 맛을 다진 후 그 위에 참기름 향을 덧입혔다. 보기엔 굉장히 매울 것 같은 붉은색을 띠지만, 맛을 보면 과하지 않은 간과 적당한 맛을 낸다. 자칫 심심할 수 있는 아롱사태 고기가 새로운 맛으로 재탄생한 것이다. 젓갈 향 넘치는 전라도 김치나 심하게 맵고 짠 경상도 김치로는 절대 이 맛을 내지는 못했을 것이다.

큼직한 고기와 김치를 함께 집어 입으로 넣는다. 젓가락이 입술 근처에 다다르자 코끝을 치고 올라오는 고소한 참기름 향에 일단 만족. 갖은양념으로 맛을 낸 김치가 꽤 괜찮다. 요 며칠 동안 군내가 강한 충청도식 김치가 낯설었는데 김치비빔에서는 이런 낯섦이 사라져 버렸다. 비유하자면 두부김치에 들어가는 양념 김치나 김치 제육볶음에 있는 김치와 일반적인 김치의 중간 정도 맛이다. 양념의 강도는 조금 짙은 것 같은데 식감은 일반 김치에 가깝다. 이런 김치가 소고기 사태살의 탄탄한 식감과 어우러지니 그 맛이 또 별미이다.

전혀 예상치 못한 콜라보를 통해 매력적인 요리가 나와 버렸다('나와 버렸다'는 표현이 가장 적절하다). 음식을 먹다 보니 어느새 가게가 가득 찼다. 다른 테이블에서도 수육보다는 김치비빔을 더 많이 주문해 먹고 있다. 고기의 생김새를 자세히 살펴보니 지금은 김치비빔 용으로 사태살을 따로 준비하는 것 같다. 먹다 보니 '집에 내일 갈까?' 하는 생각이 든다. '이 좋은 음식(안주)에 소주 한 잔 곁들이지 못하는 게 과연 옳은 인생인가'하며 현타가 왔던 것. 이성과 본능이 이렇게 치열하게 전쟁을 치르는 것도 오랜만이다.

식재료의 새로운 조합과 구성을 통해 만들어 낸 김치비빔은 대전과 대전 사람의 정체성을 나타내는 것이 아닐까. 아무도 관심 갖지 않는 것을 탐구하고, 다양한 실험을 통해 무언가를 만들어 내는 사람들, 부화뇌동하지 않고 묵묵히 자신만의 길을 가는 우직한 사람들. 그런 사람들이 만들어 낸 음식이 김치비빔이 아닐까. 대전을 '노맛노잼 도시'라고 하는 사람들에게 자신 있게 추천할 만한 음식이 생겼다. 적어도 김치비빔을 먹어 본 사람들은 더 이상 대전 앞에 '노맛'이라는 단어를 사용하지 못할 것이다.

한마음면옥의 평양냉면도 꽤 괜찮은 수준이다. 김치비빔에 집중하여 글을 쓰다 보니 사진만 싣게 된다.

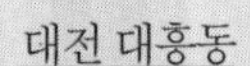

형제집

평범함 속에 숨은 비범함
좋은 고기가 좋은 양념을 만나 숙성되었을 때의 시너지!
석쇠구이 돼지고기 한 점이 주는 감동

주소	대전 중구 대흥로175번길 34
전화번호	042-256-6474

'노맛노잼'의 도시라는 대전에서 찾아낸 엄청난 내공의 돼지 석쇠구이 집. 3대째 이어 온 60년 노포의 진가는 가게의 역사와 함께 한 '도끼다시' 테이블에서 느낄 수 있다. 이곳의 비법 '마늘 초간장'의 매력은 먹어본 사람만 안다.

그동안의 삶을 되돌아보면 항상 무언가 특별해지기 위해 부단히 애써왔던 것 같다. 부모에게는 특별한 자식이 되려고 했고, 회사에서는 특별한 인재가 되기 위해 노력했다. 내 가족에게는 특별한 배우자이자 가장이 되길 원했던 것 같다. 그러나 지금 와 내 모습을 보니 너무나 평범하기 이를 데 없어 힘이 빠지는 것도 사실이다. 내가 그토록 원했던 특별함은 다른 사람의 손에 쥐어져 있는 것만 같다.

몇 년 전부터 오래된 음식점을 찾아다니고 음식에 관련된 글을 써 오면서 지방과 해외로 취재를 갈 기회가 많았다. 그때마다 뭔가 특별한 것을 찾아야 한다는 욕심에 눈이 멀어 정작 중요한 것들을 보지 못하고 놓치는 경우가 더러 있었다. 얼마 전 마산, 진주, 청주, 대전을 돌아보는 취재에서도 그랬던 것 같아 돌아오는 길 내내 얼마나 자신을 나무랐던지.

지역 음식점을 취재하기 위해서는 없는 돈과 시간을 일부러 내야 한다. 그러다 보니 나도 모르게 평소보다 의욕 과잉이 되는 면도 있다. '누구나 감탄할 만한, 그러면서도 누구도 알지 못하는 음식점을 발굴해 내겠다'는 부질없는 욕심에 자료 조사를 많이 하지만, 사실 따지고 보면 이 말부터가 모순 덩어리다. 누구나 감탄할 만한 음식점이라면 이미 그만큼 유명하다는 의미이고, 누구도 알지 못할 곳이라면 음식 맛에 뭔가 문제가 있다는 것이 아닐까. 게다가 음식점이 오랜 시간 동안 영업을 해 오기 위해선 많은 손님들이 찾는 것이 첫 번째 조건인데 말이다.

그러다 보니 독특한 식재료나 음식 종류 등에서 뭔가 남다른 아이템을 가진 식당들을 찾게 되고 그들의 특별한 비법을 캐내고자 애쓴다. 자극적인 콘텐츠로 선을 넘는 일부 방송이나 유튜버들과 무엇이 다를까 싶기도 하다.

얼마 전 2박 3일 동안 대전을 취재했는데, 모두 9곳의 음식점을 방문하며(하루에 두 끼를 먹는 내겐 굉장히 어려운 일이다) 뭔가 이슈가 될 만한 곳을 찾아 헤맸지만 끝내 찾지 못해 허탈해 있던 저녁, 오전에 찾았던 오징어국숫집 앞의 고깃집을 향해 걸음을 옮겼다. 현지인들은 그다지 많이 찾는 곳이 아니라는 지인의 말에 잠시 망설였지만, 돼지고기를 너무 사랑하는 나로서는 대전의 오래된 노포 돼지고깃집에 들리지 않는다는 게 뭔가 찜찜했기 때문이다.

결론부터 이야기하면 이 집을 찾지 않았다면 정말 후회할 뻔했다. 이렇게 맛있는 돼지불고기를 내는 집을 지나칠 뻔했다니! 역시 내게는 특별한 촉이 있다며 스스로를 대견해 하기도 했다.

가게의 상호는 '형제집'이다. 인터넷으로 검색할 땐 '대전 형제집'으로 하면 된다. 매장 앞에 서면 입구 위 환풍기를 통해 불에 구운 고기 양념 냄새가 흘러나와 전신을 옭아맨다. 그 향을 맡는 순간 몸과 마음은 이미 가게에 들어서 있다. 이 집의 고기 굽는 냄새는 뱃사람을 홀렸던 전설 속 사이렌의 노래보다 더 치명적이다. 사이렌의 노래는 귀를 막으면 외면할 수 있겠지만, 이 집의 고기 굽는 냄새는 아무리 코를 막아도 피할 수 없을 것 같다.

가게 안에는 굉장히 독특한 테이블이 여섯 개 놓여 있다. 오래된 식당에 들어가면 볼 수 있던 '도끼다시' 바닥('도기다시'라는 일본어의 속어인데 돌 등을 갈고 닦아서 윤을 내는 일을 이르는 말)이 식당의 바닥뿐만 아니라 손님용 테이블 상판으로도 사용되고 있다. 사장님께 보기 힘든 테이블이라고 여쭈니 "이 테이블이 여기서만 59년 된 테이블이다"라고 하신다. 아마도 가게를 개업했을 때부터 사용해 오고 있는 테이블이라는 뜻이리라.

입구 쪽 자리에 앉으니 따로 주문도 받지 않고 고기부터 석쇠에 올린다. 돼지고기를 널찍하고 얇게 저며 양념에 재운 후 손님이 들어올 때마다 몇 덩이씩 석쇠에 올려 굽는 방식이다. '어? 주문도 안 했는데……'라며 당황해 메뉴판을 찾으니, 메뉴는 딱 하나다. '석쇠구이 불고기 한판(540g)에 2.7만 원, 반판(360g)에 1.9만 원 그리고 볶음밥 2천 원, 공깃밥 1천 원'이라고 쓰인 메뉴가 전부다. 요즘 서울의 돼지고깃값이 평균적으로 160~180그램에 14,000원~18,000원에 이르니 그에 비하면 나쁘지 않은 가격이다. 주방 테이블에 올려진 고기 그릇을 보니 고기의 상태나 선도가 나쁘지 않다.

돼지고기 전지(앞다릿살)를 껍질까지 없은 체 그대로 쓰는 듯한데, 이는 불고기를 만들기에 좋은 부위다. "사장님, 고기가 좋네요"라고 한마디 하니 석쇠를 놀리던 사장님이 "일단 고기 다 구워지면 한번 드셔 보시라"라고 한다. 말투에서 자부심과 자신감이 묻어난다.

갑자기 고기 양념이 궁금해졌다. 잘 만든 양념이 불에 탈 때 나는 향은 맛없는 양념이 내는 냄새와 분명 차이가 있다. 이 집의 양념 타는 냄새는 근래 들어 맡아보지 못했던 좋은 냄새여서 기대가 컸다. 마음은 점점 급해지는데 고기는 나올 줄 모른다. 고기가 테이블에 오르는 시간까지 마냥 기다리기가 힘들어 소주잔을 채우며 마음을 달랜다.

이 집은 석쇠에서 80퍼센트 정도 구워 익힌 후에 손님 테이블 위에 올린다. 고기가 석쇠를 떠나 내가 앉은 테이블에 오기까지 고기에서 시선을 떼지 못한다. 잘 달궈진 불판에 다시 고기를 올리니 치이익~ 하는 소리와 함께 뿌연 연기가 솟아오르고, 내 심장 RPM도 덩달아 높아진다. 큰 고깃덩어리를 먹기 좋은 크기로 잘라 주시는 사장님의 손이 더디게만 느껴지는 것은 내 조급함 때문이겠지.

음식을 탐하는 욕망의 속도를 사람의 손이 따르지 못한다. 드디어 "한번 드셔 보셔유"라는 말이 나왔고(사실 그 전에 내 젓가락은 이미 고기를 집고 있었지만), 고기 한 점을 젓가락으로 집어 드는 동시에 반대편 손은 소주잔을 들고 입으로 가고 있다. 소주가 식도로 타고 넘어가자마자 고기를 씹는다. 첫 번째 저작咀嚼질에 바로 깨달았다. 이 집의 석쇠구이는 내게 '대전에서 가장 맛있는 집'으로 기억될 운명을 타고났다는 것을.

고기의 부드러움과 품질은 둘째치고서라도 품위 있고 존재감 넘치는 고기 양념이 사람을 사로잡았다. 굉장히 약한 듯 밋밋한 것 같지만 분명한 존재감을 느낄 수 있었다. 설탕이나 물엿으로 범벅하지 않은, 딱 좋은 단맛도 인상적이었다. 이런 양념이 좋은 고기와 함께 잘 숙성되었으니 그 밸런스가 어찌 좋지 않을 수 있을까. 이런 양념의 고기구이가 연탄 석쇠와 만났는데 맛이 없으면 그게 오히려 이상할 지경이다.

한 입 먹어보고 나니 일단 먹어보고 얘기하라는 사장님의 자신감이 어디서 오는지 그 근거를 찾을 수 있었다. 이 집을 찾기 전까지 칭송했던 대전의 다른 노포 음식들이 모두 초기화되어 버렸다.

잠시 흐트러진 마음을 가다듬고 다시 고기 몇 점을 든다. 함께 이 집을 찾은 대전 토박이 지인도 그동안 이 집의 음식에 대해 얼마나 잘못된 편견을 가지고 있었는지 깨달았다고 한다. "직접 먹어보니 알겠다"며 감탄을 금하지 못하는 그는 "대전 사람들은 짠돌이 기질이 강해 비싼 음식점을 잘 찾지 않는데, 이 집은 대전의 다른 고깃집보다 가격이 조금 높아 좋은 평을 받지 못한 것 같다"라고 나름 분석하기도 했다. 사실 내 입장에서 보자면 가격도 나쁘지 않다. 역시 세상의 모든 것은 상대적이다.

자, 이제 변주의 시간이다. 야채 초무침과 고기 한 점, 상추쌈에 고기 한 점, 잘 구워진 대전식 김치와 고기 한 점, 그리고 초간장에 재운 마늘 한 점에 고기 한 점을 차례로 맛본다. 모든 변주가 완벽에 가깝다. 그러나 그중에서 가장 좋은 조합은 초간장에 재운 마늘을 고기 한 점에 얹어 먹는 순간이다. 초간장에 재운 마늘이 어떤 맛일까 궁금해 먼저 집어먹어 보았는데, 입에 넣는 순간 식초 기운에 사레가 들릴 정도로 초 기운이 강했다. 기침을 하고 있으니 사장님이 "마늘 드셨죠?"라며 "우리 집 마늘 처음 먹어 본 사람들은 다 그런다"라고 웃으신다. 그런데 이 초간장 마늘이 입안에 남아 있던 고기 기름을 다 씻어낸 듯 입속을 깔끔하게 정리해 준다. 이 집의 석쇠구이에 가장 최적화된 곁들임 찬이다. 그리고 고기와 어울려 가장 매력적인 조합을 만들어 낸다.

두 명의 남자에겐 이 집의 고기 한 판이 그리 많은 양은 아니다. 만약 이 집 석쇠 불고기가 그날 저녁의 첫 음식이었다면, 두 판에서 두 판 반 정도는 먹고 나서 볶음밥을 더 먹어야 만족할 것 같은 양이다. 이 집을 찾기 전 다른 노포 두 곳에서 꽤 많은 양의 음식을 먹는 바람에 추가 주문을 하지 못한 것이 아직도 아쉽다. 사장님 말씀으로는 볶음밥까지 해야 제대로 먹는 것이라 했는데 말이다.

이 집은 대전의 노포들 중에 가장 임팩트가 있는 집이었다. 뭔가 특별한 메뉴, 특별한 식재료로 만든 음식을 찾아 헤맸지만 결국 가장 마음에 드는 음식은 흔하디흔한 돼지고기 양념 불고기였던 것이다.

세상에 갑자기 툭 튀어나오는 특별한 것은 없음을 다시 한번 깨달았다. 오랜 시간 자리를 지키고, 오래도록 기본을 어기지 않고 운영하다 보면 어느 순간 그 자체가 특별함이 된다는 것. 이 집의 음식을 통해 그 진리를 다시 깨닫는다.

충남 예산

소복갈비

대통령이 사랑한 노포 갈빗집
자극적이지 않은 양념과 부드러운 갈빗살의 혼연일체
진짜 소갈비구이를 맛보고 싶다면 최선의 선택

주소	충남 예산군 예산읍 천변로195번길 9
전화번호	041-335-2401

인생 갈비를 만났다. 내게 맛있는 소 양념갈비에 대한 기준은 이 집을 방문하기 전과 방문한 후로 나뉜다. 이 집 갈비에는 더 이상 덧붙일 말이 없다. 그저 감탄, 감탄, 또 감탄할 수밖에!

충남 예산으로 향했다. 한때 장안의 화제로 떠올랐던 백종원 사장의 예산상설시장도 리서치할 겸 그동안 자주 찾지 못했던 인근의 노포도 함께 찾는 일정으로 부러 시간을 냈다. 음식을 좋아하는 내게는 지방의 지역 활성화 프로젝트의 진행과 성패가 굉장히 관심 있는 주제인데, 그 대상에 노포들이 포함되어 있는 경우가 많기 때문이다. 사실 〈초빼이의 노포일기〉를 쓰는 이유 중 하나도 노포들의 활성화를 위한 것이니 더 큰 관심을 가지는 것도 당연한 일이기도 하다.

이 자리에서 소개할 노포는 예산 읍내에 자리를 잡고 있는 '소복갈비'다. 예산 상설 시장에서 도보로 5분 정도의 거리에 위치한 곳으로 일명 '대통령의 갈빗집' 또는 '대통령의 마지막 만찬장'으로 불리는 곳이다.

소복갈비가 전국적으로 널리 알려진 것은 바로 박정희 전

대통령의 마지막 만찬장이라는 이유 때문이다. 이 집을 방문한 첫 대통령이 박정희 대통령이었는데, 1979년 10월 26일 삽교천 준공식을 마치고 이 집에 들러 식사를 했다고 한다. 이곳에서 점심 식사를 마친 후 서울로 올라가 그날 저녁 궁정동 안가에서 중앙정보부장 김재규의 총에 맞아 사망했다. 처음 방문한 대통령이 방문한 그날 시해를 당했으니 아마도 이 집 사장님의 기억에는 강렬한 충격으로 남아 있을 듯하다.

아이러니하게도 이런 이유로 이 집은 전국적으로 널리 알려지게 되었고 그 후에도 전두환, 김영삼, 노무현 대통령까지 많은 대통령이 충남 예산에 들를 때마다 이곳에서 식사를 했다고 하니 '대통령의 갈빗집(또는 맛집)'이라는 말도 사실과 다르지는 않다.

소복갈비의 창업 연도는 무려 1942년. 업력 81년의 노포다. 일본의 강제 점령기가 끝나지 않은 시간이기도 하고 한국전쟁이 발발하기 8년 전이니 굉장히 오랜 시간 동안 잘 운영되어 왔다. 당시에는 오일장이었던 예산 장터에서 이 집의 창업주가 좌판을 깔고 고기구이를 팔면서 시작되었다고 한다. 그 후 2대 사장 대에서는 '소복식당'이란 상호로 운영되다 3대째 사장에서 '소복옥'으로 변경, 주막집 형태로 운영되다가 현재의 자리에 있던 기와집을 인수하여 건물을 짓고 번성기를 누렸다. 그 후 이 집은 이수남 사장의 차남에게 이어졌고 현재는 그의 아들인 김일겸 씨까지 총 5대째 계승되고 있는 상태다.

인구의 수도권 집중 현상이 극심한 현재와는 차이가 있겠지만, 전국에서 모여든 국민의 절반 이상이 거주하는 서울 경기권도 아닌, 충남에 있는 인구수 7만 8,000명(2022년 기준)의 작은 읍에서 오랜 시간 동안 업장을 운영해 온 것만으로도 이 집은 높이 평가받을 가치가 있다.

소복갈비가 있는 골목으로 접어들면 전용 주차장으로 사용되는 넓은 공간이 가장 먼저 눈에 보인다. 골목 양옆으로 넓게 만들어진 주차장의 규모를 보면 이 집을 찾는 사람들의 수를 충분히 짐작할 수 있을 정도다.

골목에 발을 들이자마자 날불에 잘 구워진 고기향이 마치 블랙홀처럼 강력하게 사람들의 발걸음을 끌어당긴다. 좋은 불에서 양념의 단맛을 적절하게 끌어 올리며 구워낸 고기의 향이라고 단번에 정의할 수 있는 그런 향이다. 향을 맡는 순간부터 이미 마음은 무장 해제된다.

가게의 입구에 붙어있는 '소복笑福'이라는 한자에서부터 미소를 절로 짓게 된다. 아마도 '소문만복래笑門萬福來'라는 고사성어에서 발췌한 것이 아닐까 싶은데, 그만큼 친근감도 높아진다.

입구에 들어서자마자 오래전 지어진 건물이라는 느낌을 받을 수 있다. 건물 내부는 요즘의 고깃집이나 식당과는 다르게 테이블이 몇 개씩 놓인 10여 개의 큰 방으로 구성되어 있다. 그 양쪽 끝은 고기전용 주방(입구 쪽)과 반찬 및 요리 전용 주방(안쪽)을 배치해 의도적으로 가게로 들어오는 고객들이 고기를 굽는 모습과 향을 생생하게 체감할 수 있도록 했다. 1980~90년대에 지어진 건물인 듯한데, 최근 서울의 내로라하는 식당의 그것과 유사하게 고객을 끌어들일 수 있는 퍼포먼스(쇼) 공간을 입구에 배치한 것에서부터 전임 사장님들의 동물적인 마케팅 감각을 느낄 수 있다.

소복갈비의 양념갈비나 생갈비 모두 잘 달구어진 돌판에 담겨 손님상에 오른다. 이런 음식 차림새는 오래된 고깃집의 특징이다. 담양의 승일식당이나 해남의 천일식당 등 전라도 지방의 오래된 고깃집에는 아직 이런 형태가 남아 있다.

고기를 주방에서 구워 접시 등에 담아서 내는 형태는 요즘과 같은 다양한 열원이 없었던 옛날에 고기를 내던 방식이다. 시간이 흘러 다양한 화력원이 생기며 테이블 위에서 손님이 직접 고기를 구울 수 있게 되었음에도 오래된 고깃집들은 옛 방식을 여전히 고수하고 있다.

이 집 음식의 가장 큰 특징은 '자연스러우면서도 강하지 않은 양념'이다. 요즘의 고깃집에서 볼 수 있는 갈비 양념들은 굉장히 자극적(후추)이고 인공적인 맛(설탕, 다시다, 미원, 캐러멜 등)으로 점철되어 있어 미각과 후각을 강하게 자극한다. 그런데 이 집의 갈비는 극단적으로 반대편에 서 있는 맛이라고 할 수 있다. 최상급 울처럼 부드럽고 진하지 않은 양념이 고기에 잘 스며들어 마치 양념의 맛마저 고기의 맛처럼 느껴진다.

강력하고 자극적인 맛에 익숙해진 요즘 세대들의 미각적 관점에서 보자면, 이 집의 양념갈비는 정말 밍밍하고 맛없는 음식이 될 수도 있겠다 싶다. 초빼이조차 이 집의 양념갈비 맛은 한참을 먹어보고 나서야 오랜 기억에서 겨우 끄집어낼 수 있었던, '옛날 양념갈비의 맛'이기도 했으니 말이다.

사장님께 여쭤보니 아직도 윗세대에게 전수받은 방법으로 모든 장을 직접 만들고 그 장을 베이스로 양념을 만든다고 한다.

이 집의 찬 역시 강렬하거나 혼자 부각되는 것이 없다. 양념갈비의 슴슴하고 자극적이지 않은 맛을 돋보이기 위해 깍두기나 물김치도 염도나 매운 정도를 적절히 조절하고 있다. 모든 음식이 자신만의 개성을 뽐내며 뒤죽박죽 섞여 버려 '원 오브 뎀'이 되는 우를 범하지 않고, 메인이 되는 갈비 오직 하나만을 위해 모두가 균형을 맞춰서 '온리 원'을 돋보이게 하는 구조다. 요즘의 식당에서는 이런 균형감각을 찾기가 힘들다.

게다가 이 집의 한우갈비에 정말 감탄할 수밖에 없는 것은 진짜 소의 갈비를 사용한다는 점이다. 함께 자리했던 육류 전문가는 뼈 모양을 보고는 '진짜 갈비' 부분이라고 직접 확인해 주었다. 그래서 더욱 신뢰가 갔었고 객관적 자료 검색도 가능해 재차 검증이 가능했다.

"일반적으로 소갈비는 소 한 마리에서 두 짝이 나오고, 갈비 한 짝마다 평균 14인분 정도의 고기가 나오는데, 2016년 기준으로 소복식당에서는 하루 평균 소 아홉 마리에 해당하는 18개 정도의 갈비짝을 소비한다.…(중략)…연간 110여 톤 정도의 갈비를 판매…(중략)…예산군 광시면 광시리의 '광시 한우' 중 암소 소갈비만을 쓴다."(정윤화, '80년 역사를 자랑하는 역대 대통령의 맛집, 예산 소복식당'에서 발췌)

이전에도 밝혔듯이 나는 소고기에서 나는 피 냄새에 굉장히 민감하게 반응하고 그런 이유로 소고기를 즐기지 않는데 이 집의 갈비에서는 예외를 둘 수밖에 없었다. 연한 양념이 고기의 맛을 잘 살려줌과 동시에 적절하게 구워진 부드러운 갈비의 육질이 이전에 먹었던 소갈비와는 너무나 확연한 차이를 느낄 수 있었기 때문이다. 이곳의 소갈비는 인생 최고의 소갈비 순위에서 세 손가락 안에 꼽을 정도로 인상 깊었다.

그런데 이 집을 마음 놓고 찾기에는 딱 한 가지 걸림돌이 있는데 그것은 바로 가격에 대한 장벽이 아닐까 한다. 아무래도 한우 암소 갈비이다 보니 가격이 조금 높게 느껴질 수 있는 것은 사실이다. 그러나 이 정도 수준의 음식이라면 충분히 지갑을 열 의사가 있다. 가족이나 지인들과 함께 충남 예산에 들린다면 아마도 반드시 이 집을 추천하고 함께 가게 될 것이 분명하다.

충남 예산은 좋은 소를 공급하는 홍성과 인접하고 있으며 오래전에는 정기적으로 우시장이 설 정도로 좋은 소고기를 확보할 수 있는 배경을 가지고 있다. 그런 이유로 이 작은 예산읍에도 최고 수준의 소갈비를 내는 노포의 존재가 가능했던 것이다. 오랜만에 충남 예산을 찾았고 정말 맛있는 고기에 소주 한 잔을 먹을 수 있었다. 이 집은 진정한 100년 가게가 되는 날 다시 찾아오고 싶은 마음이 저절로 생겼다.

충남 예산

한일식당

기름기 없이 깔끔한 매운맛의 소머리 국밥
국물 한 숟가락에 천국은 이미 입속에
AI로봇이 서빙하는 73년 역사의 노포라니!

주소	충남 예산군 삽교읍 삽교역로 58
전화번호	041-338-2654

해장을 위해 소머리국밥을 먹으러 들렀다가 소머리 수육의 매력에 빠지게 되었다. 기막힌 식감을 가진 우설의 탱글탱글함은 초빼이에게 잊을 수 없는 추억이 되었다. 수육은 이 집 이전과 이후로 나뉜다.

내가 살고 있는 인천 송도에서 충남 예산으로 가는 길은 꽤 복잡하고 지난하다. 1년 365일 교통체증에 시달리는 서해안 고속도로를 타야 하기 때문이다. 게다가 서해안 고속도로에서 가장 막히는 구간이 예산으로 가는 경로의 대부분을 차지한다.

원래 목적지였던 예산에 들러 업무 관련 리서치를 마친 후 인근 덕산온천에 있는 호텔에서 숙박을 했다. 그리고 다음 날 인천으로 돌아오기 위해 움직이던 중 해장을 위해 삽교읍에 잠깐 들르게 되었다. 삽교읍에는 굉장히 오래되고 사람들에게 널리 알려진 신비의 국밥집이 있기 때문이다.

원래 이 국밥집은 장날(삽교장은 2, 7일장이다)과 그 전날에만 운영했다. 열흘에 4일 정도 영업을 한 셈. 그러나 먼 곳에서 찾아오는 사람들의 성화로 매일 영업으로 바뀌었다는 전설적인 일화가 전해 내려온다. 고객들의 요청으로 식당 영업 일수를 늘렸다니, 너무 환상적이지 않은가.

그 주인공은 '한일식당'이다. 내로라하는 소머리국밥 애호가들 사이에서 반드시 가 봐야 할 성지로 꼽히는 집이기도 하다.

요즘은 홍성군의 한우가 굉장히 유명해 전국적인 인지도를 얻고 있지만, 한때 예산도 정기적으로 우시장이 설 정도로 소로 유명했다. 1950년 이 집이 처음 영업을 시작할 당시 창업주는 삽교 오일장 인근 우시장에서 소머리를 구해 와 오일장터에서 국밥을 팔기 시작했다. 그로부터 흐른 세월이 어느덧 73년. 이제 한일식당의 소머리 국밥은 전국적인 명성을 얻을 정도로 유명해졌으니, 창업주의 고단했던 품팔이가 빛을 발했다고 할 수 있을 것이다.

이 집의 소머리 국밥은 기름기가 거의 없어 깔끔한 맛을 자랑한다. 우시장에서 받아 온 소머리를 하루 동안 물에 담가 핏물을 빼고 수시로 기름을 걷어가며 끓인다. 또한 이 집은 다른 집과 달리 기본적으로 매운 국밥이라는 것. 우리가 아는 맑고 하얀색의 소머리 국밥과 달리 붉은색을 띤다. 국밥 속에는 소머리 고기 외에도 벌집양(소의 네 번째 위)과 우설 등이 들어가 있는데, 이것의 잡내를 잡기 위해 고춧가루 양념을 했을 수도 있다. 그런데 이것들도 너무 싱싱하고 컨디션이 좋아 잡내를 맡을 수가 없다. 또한 장터 국밥으로 만든 음식이라 장돌뱅이들에게 한 끼 식사 겸 탁주에 곁들이는 술안주의 역할도 하기 위해 칼칼하게 만든 것일 수도 있다.

이 집 국물은 사골 육수와 소머리 진국을 함께 섞는데, 이 때문에 고소함과 감칠맛이 극대화된다. 수저에 국밥을 듬뿍 떠 입으로 넣는 과정만 복붙할 정도로 한일식당의 국밥에는 더 이상의 수식어가 필요 없다.

나는 소머리 국밥에 국수사리를 하나 추가해 소머리 국수까지 욕심을 낸다. 쉽게 올 수 없는 곳이기도 하고 소머리 국밥 자체가 너무나 마음에 들어 국수 면을 얹으면 어떤 변화가 생길지 궁금하기 때문이다. 게다가 인근 예산읍은 유명한 국수 공장이 있는 곳이기도 하니 이곳 면도 맛보고 싶은 욕심도 있다.

원래 이 집은 삽교 시장 인근에서 영업했다. 그러던 중 전국에서 사람들이 많이 몰려들자 2022년 5월 원래 있던 자리를 포기하고 지금의 삽교역 인근으로 옮겼다. 큰 건물과 넓은 주차장을 완비해 먼 타지에서 온 고객들이 주차에 대한 부담 없이 찾을 수 있도록 한 것이다.

이 집은 AI 로봇을 종업원으로 쓰는 집이기도 하다. 73년 된 노포에 AI 서빙 로봇이라니! 전체 인구가 7만 8천 명이 채 안 되는 예산군의 지역 사정상 매장에서 일할 직원을 구하기가 힘들기 때문이기도 할 것이다. 요즘 시골은 외국인 노동자가 없으면 아무것도 못 할 정도로 노동인구가 부족한 것이 사실이다. 아무튼 이 외에도 여러 사정으로 로봇을 들였겠지만, 새로운 시도를 두려워하지 않는 노포의 도전정신이 더욱 돋보이는 대목이기도 하다.

이 집의 소머리 국밥은 최고 수준이지만 또 한 가지 놀라운 건 소머리 수육이다. 이제껏 먹은 소머리 수육 중에서 가장 기억에 남았다. 어릴 적 어머니가 김해의 도축장에서 소머리를 사다 소머리 국밥과 수육을 꽤 자주 해 주셨었는데, (어머니께는 죄송하지만) 이 집의 음식이 훨씬 맛있다. 소머리 수육의 경우 자칫하면 젓가락과 접시에 끈적끈적한 기름기 같은 것이 달라붙을 수도 있는데, 이 집의 수육은 전혀 그런 게 없다.

수육과 살짝 데쳐낸 파를 함께 들고 양념장에 찍어 입에 넣으면 천국은 이미 입속에 있다. 소머리 고기의 식감과 맛도 좋지만, 우설의 식감은 뭐라 말할 수 없을 정도로 매혹적이다. 의외로 입이 짧아 음식을 많이 가리는 나는 우설 특유의 생김새와 식감 때문에 그렇게 즐기는 편은 아닌데, 이 집 수육과 국밥에 들어있는 우설은 혼자 다 먹어 치웠다.

함께 자리한 요식업계 전문가는 이 집 국밥과 수육을 먹고 나서 "이젠 다른 곳의 국밥과 수육을 먹을 수 없을 것 같다"라는 극찬까지 하신다.

한일식당은 굉장히 오래된 노포지만 어제 개업한 식당보다 더 깔끔하고 위생적으로 관리, 운영되고 있다. 새로운 매장으로 확장하고 넓은 주차장을 확보하는 등 고객의 편의를 최우선으로 하는 노력도 아끼지 않는다. 새로운 기술의 도입도 전혀 두려워하지 않고 시도하는 과감성도 엿볼 수 있다.

이 집에서 또 하나의 교훈을 얻는다. 지켜야 할 것과 변화해야 할 것들을 명확하게 구분할 줄 알아야 한다는 것이 그것이다.

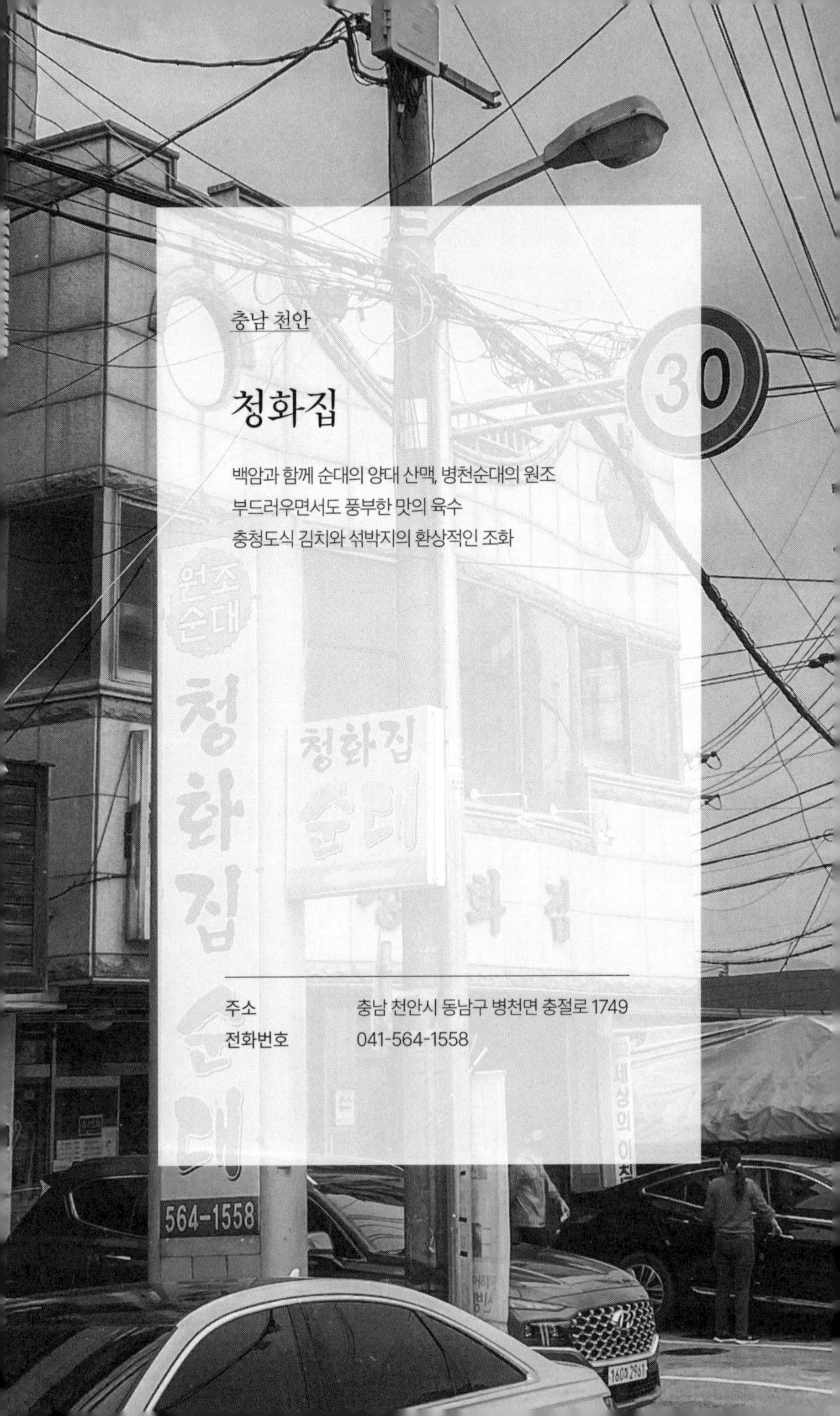

충남 천안

청화집

백암과 함께 순대의 양대 산맥, 병천순대의 원조
부드러우면서도 풍부한 맛의 육수
충청도식 김치와 섞박지의 환상적인 조화

주소 충남 천안시 동남구 병천면 충절로 1749
전화번호 041-564-1558

서울의 병천순대국밥 집에서는 결코 느낄 수 없는 오리지널 병천순대의 감동을 느꼈다. 순댓국 한 그릇과 김치 하나만으로 이토록 감동적인 맛을 만들어 내다니! 병천순대 병천순대 하는 데는 다 이유가 있었구나.

전국의 순댓국집 간판에서 가장 자주 볼 수 있는 지명은 '병천'과 '백암'일 것이다. 그만큼 이 두 지방은 순댓국의 양대 산맥이자 고향이라 할 수 있다.

행정구역상 천안시 동남구 병천면에 속한 이곳은 인근에 독립기념관을 두고 있어 웬만한 사람이라면 한 번은 지났을 법하다. 병천(아우내)은 작은 지역이지만 유관순, 김시민, 조병옥 등 3명의 독립운동가를 배출한, 역사적으로도 가치 있고 의미 있는 지역이다.

순댓국의 본고장답게 병천면으로 접어들면 거리에는 순댓국 끓이는 냄새가 은은하게 스며 있다. 국도변에는 병천 순대 거리가 이어지는데, 순댓국을 내는 집들이 끝없이 도열해 있다. 아주 오래된 노포부터 최근에 문을 연 신생 업소까지, 헤아릴 수 없을 정도로 늘어선 순댓국집을 보며 '아, 순댓국의 성지에 왔구나!' 하는 것을 실감한다.

순대거리를 따라 올라가다 보면(천안에서 병천으로 가는 방향), 순댓국 거리가 끝나는 지점에 작은 사거리가 있는데 그 사거리에서 좌회전을 하면 바로 오른쪽에 보이는 집이 병천 순대의 시작이라 불리는 '청화집'이다. 이곳에서도 원조 중의 원조라며 사람들이 찾는 곳이 딱 두 곳 있는데, 바로 청화집과 '충남집'이다. 이 두 집은 작은 도로를 사이에 두고 마주 보고 있어 찾기도 쉽다.

가게에 들어서자마자 오래된 가게라는 느낌이 든다. 건물 내부의 구조도 옛날식이고 탁자와 의자, 식기까지 어느 것 하나 시간의 흔적이 내려앉지 않은 것들이 없다. 그럼에도 가게는 잘 정돈되고 관리되어 굉장히 깨끗한 상태다.

많은 노포들이 노포를 찾는 사람들의 호의를 권리로 받아들이며 조금 부족한 위생 상태를 당연한 것으로 여기는데 이 집은 전혀 그렇지 않다. 나는 노포라는 이유로 주인의 게으름이나 위생에 대한 개념 부족을 '노포의 멋(또는 맛)'으로 치환하는 행위는 지양해야 한다고 믿는다.

노포가 성장하는 데는 음식의 맛도 중요하고 주인장의 철학도 필요하지만 동시대를 살아가는 고객의 눈높이를 함께 맞추는 일도 반드시 따라야 한다. 아마도 청결함도 그중 하나일 것이다.

청화집은 1950년대 초 좌판에서 순댓국을 팔면서 그 역사를 시작했다. 1960년대 병천면에 햄 공장이 생기면서 순대의 재료가 되는 돼지 내장 등 부산물이 풍부하게 공급되자 지금의 자리에 식당 문을 열고 본격적으로 영업을 시작했다. 처음에는 장날에만 문을 열다가 1992년부터 상설로 운영하고 있다.

이 집 메뉴는 국밥과 순대 딱 두 가지다. 순댓국을 주문하면 금세 두터운 순댓국 뚝배기가 나온다. 함께 나오는 반찬은 배추김치와 섞박지, 소금 그리고 새우젓뿐이다. 6시간을 넘게 고아 만들었다는 돼지 사골육수 속에는 소금으로 깨끗하게 손질해서 만든 순대가 전부다.

이 집 순댓국을 받아보면 잘 그려진 동양화 한 편을 보는 것 같은 느낌이 든다. 실제 자연의 풍경을 화폭에 담는 진경산수화보다는 유학자의 고고한 이상과 관념을 담은 문인화에 더 가까운 느낌이다. 많은 여백이 보이지만 사실 그것은 여백이 아니다. 이 여백을 너의 것으로 채워 보라는 권유라고나 할까. 그래, 이제부터 여백을 내가 채워야 하는 순간이다.

동방예의지국의 사람으로서 국물 음식은 나오자마자 국물을 먼저 맛보는 것이 예의일 터. 국물 한 숟가락을 떠서 맛을 본다. 간이 되지 않은 심심한 국물인데도 혀끝에서 도는 텍스처가 굉장히 부드럽다. 그러면서도 풍부한 육수 맛에 나도 모르게 '어?'라고 반응하게 된다.

함께 나온 소금으로 간을 하고 다진 양념을 풀어 나만의 순댓국을 만들어 간다. 잠깐, 아주 잠깐 김칫국물도 부어 볼까 하는 유혹도 있었지만, 순댓국이 설렁탕도 아니고 김칫국물의 진한 맛과 향이 순댓국 육수의 고유한 향과 맛을 덮어버릴 것 같아 패스.

순대 한 조각을 집어 입에 넣으니 이 집 음식이 만만치 않음을 새삼 또 느낀다. 순대의 맛도 국물처럼 굉장히 깔끔하면서도 풍요롭다. 이런 느낌을 어떻게 동시에 낼 수 있는지 궁금해진다.

밥을 말기로 했다. 머슴밥처럼 밥을 꾹꾹 눌러 담은 밥공기가 정겹다. 약간 과장하자면 너무 눌러 담아 밥숟가락이 들어갈 틈도 없을 정도다. 요즘 바닥을 이중으로 두텁게 만들어 밥 한두 숟가락마저 아끼려는 서울의 여느 식당들과는 다른 인심과 넉넉함을 느낄 수 있다. 이 밥공기를 보니 도저히 밥을 먹지 않을 수 없다.

이 집의 또 다른 무기는 김치와 섞박지다. 세상에 충청도 김치에 이렇게 감동해 보기는 처음이다. 전국적인 프랜차이즈 식당이 전국의 시도읍면을 모두 장악해 사람들 입맛이 하향평준화 된 시기에 어느 지역의 음식 맛이 어떠니 하며 논하는 것도 부질없는 짓이라는 것에 적극 공감한다. 그러면서도 충청도 지역의 음식에 크게 감동받은 기억이 많지 않은 건 사실인데 이 집의 음식들은 나의 이런 몹쓸 편견을 과감히 깨트려 버렸다. 큰 통에 든 김치를 혼자서 거의 다 먹어 치울뻔했을 정도로 맛있었다.

기막힌 순댓국 한 그릇과 맛있는 김치, 그리고 인심 넘치는 밥 한 공기의 조합으로 세상 어디에 내놓아도 좋을 식탁이 완성됐다. 천안까지 온 수고도 이 집 순댓국 한 그릇만으로도 보상이 되고 남았다. 순댓국 한 그릇을 기분좋게 비우고 나자 '아, 이래서 병천순대 병천순대 하는구나'라는 생각이 들며 충남집에도 간절하게 가보고 싶어졌다. 아니, 병천 순대거리의 모든 집을 다니고 싶어졌다.

광천원조어죽

호박 먹은 미꾸라지로 만드는 추어 어죽의 놀라운 맛
미꾸라지 특유의 고소한 맛이 일품인 추어튀김
국수 전분이 풀어져 만든 진득한 어죽 국물이 일품

주소 충남 홍성군 광천읍 광천로329번길 24
전화번호 0507-1400-2572

미꾸라지를 갈아 넣은 만든 진득한 국물과 약간 두터운 밀가루 반죽으로 갓 튀긴 추어튀김은 잔 기교 같은 건 전혀 부리지 않고 만든, 충청도의 진심을 듬뿍 담은 음식이다. 상에 오르는 순간 '심쿵함'을 느낄 수 있을 것이다.

충남 홍성군 광천읍은 인천에 사는 내가 방문하기 가장 어려운 지역 중 하나다. 그럼에도 광천을 반드시 방문해야 하는 이유가 두 가지가 있는데, 첫째는 광천읍이 대대로 '토굴 새우젓'으로 유명한 지역이라는 것. 토굴은 1년 365일 일정한 습도와 온도를 유지하는 천연 숙성고 역할을 하는데, 광천에는 토굴이 많아 품질 좋은 새우젓을 많이 생산한다. 나 역시 김장용 새우젓을 구매하기 위해 찾았던 적이 있다.

두 번째 이유는 어죽이다. 어죽은 우리 음식 중에서도 꽤 난도가 높은 음식이다. 주재료인 민물고기는 어지간해서는 특유의 비린내와 흙내를 잡을 수 없기 때문이다. 예전에 어설프게 어죽을 하는 집에 간 적이 있는데 하루 종일 입에 남은 비린내에 시달려야 했다. 그래서 어죽 집을 선택할 땐 각별히 신경 쓰는 편이다. 어죽은 정말 잘하는 곳에서 먹지 않으면 평생 어죽이라는 음식을 멀리하고 살아야 할 수도 있다.

어죽은 민물 생선의 살을 발라 채에 으깨어 각종 양념을 넣고 끓인 국이니 죽을 의미하는데, 이곳 광천의 어죽은 민물 생선 가운데 미꾸라지(추어)만을 재료로 쓴다. 그러니 어죽이라기보다는 추어탕이라 불러야 하는 게 아닐까 싶다.

장항선 광천역을 등 뒤로하고 정면으로 쭉 뻗은 길을 따라 3~4분 정도 걸어 내려가다 보면 왼편으로 나지막이 서 있는 파란색 기와지붕의 가게를 만날 수 있다. 흰색 바탕의 큼지막한 간판에 지붕과 같은 색으로 무덤덤하게 써 놓은 '원조광천어죽'이란 상호를 보면 이 집 사장님의 담백한 성격이 짐작되기도 한다.

미닫이문을 열고 가게로 들어서면 문 앞에 놓아둔 커다란 대야에 호박 몇 개를 띄워 놓은 것을 볼 수 있다. 이 집은 호박 먹인 미꾸라지로 만드는 어죽이 유명하다. 고개를 돌리면 홀에 있는 테이블 몇 개와 왼편 방 안에 놓인 앉은뱅이 식탁이 눈에 들어온다.

오픈 시간에 맞춰 갔는데도 동네 어르신들이 자리를 잡고 식사를 하고 계시다. 구수하면서도 생각보다 빠른 충청도 사투리가 이방인을 맞이한다(충청도분들 사실 말 진짜 빠르시다).

요즘 이 집은 소머리 수육을 추천 메뉴로 하고 있지만, 사실 이 집을 유명하게 만든 건 추어 어죽과 추어튀김이다. 앉자마자 추어튀김과 어죽을 바로 주문한다. 서해안 고속도로

가 막히기 전 서해대교를 건너려고 이른 새벽에 출발했더니 허기가 온몸을 지배해 버렸다. 게다가 가게를 가득 메운 구수한 어죽 냄새에 겨우 붙잡고 있던 인내심은 이미 멀리 달아나 버렸다.

갓 튀긴 추어튀김이 먼저 나왔다. 조금은 두터운 밀가루 튀김옷으로 감싼 투박한 추어튀김은 역시 그 이름값을 했다. 한입 베어 물면 미꾸라지 몸통의 보슬보슬한 식감과 고소한 맛이 입안에 가득 차며 전율을 일으킨다. 추어튀김이 품고 있는 최상의 맛을 느끼기 위해선 하찮은 입술과 입천장은 희생해도 된다. 일일이 손으로 만든 것이 분명한 파 양념장에 추어튀김을 물수제비 뜨듯 담가 양념을 묻히면, 고소한 향에 달콤한 간까지 배 천상의 맛을 볼 수 있다. 내로라하는 유명 추어탕 집의 추어튀김보다 훨씬 맛있다.

이 집의 어죽은 어죽이라 부르기엔 조금 애매한 면이 있다. 보통 어죽은 쌀을 넣고 끓이거나 밥을 말아 내어 죽처럼 걸쭉하게 내는 것이 일반적인데 이 집에서는 밥 대신 국수를 넣어준다. 그러니 어죽 국수 또는 어탕국수라고 하는 게 더 맞을 것이다.

팔팔 끓는 냄비에는 국수 가락들이 끈적끈적한 전분을 내뿜는데, 잘 으깬 미꾸라지의 살점과 된장, 고추장, 고춧가루 등의 양념이 이 전분기와 어울리며 한층 더 진득한 맛을 완성해 간다. 한 움큼 던져넣은 깻잎과 들깻가루는 그 진득한 맛을 더 탄탄하게 받치며 향을 더하고 있다.

국물 속의 국수를 다 건져 먹으면 진정한 어죽의 시간이 기다리고 있다. 어죽을 볼 때마다 이 음식은 '야성의 향이 넘치는 음식'이라고 자주 생각했다. 아마도 이 음식의 시작이 우리가 어릴 적 개천에서 자주 했던 천렵에서 시작되었기 때문이 아닐까.

국수로 끈적해진 어죽 국물에 밥을 한두 덩이 다시 넣는다. 그리고 한소끔 더 끓이면 텍사스 중질유 같은 걸쭉거림이 완성된다. 진짜 죽의 맛과 향을 품고 다시 태어나는 것이다. 여기에 군데군데 숨어있던 국수 가락이 밥알 사이를 묘하게 파고들어 똬리를 트는데, 크게 한 숟가락에 퍼서 입안으로 가져가면 그 맛과 향, 푸짐함은 말로 표현할 수 없을 정도로 강렬하고 폭발적이다. 여기에 이 집 특유의 충청도식 김치 특유의 시원함이 화려한 어죽의 맛을 한층 더 끌어 올리는 역할을 한다.

1990년에 개업한 이곳은 광천읍에서 영업 중인 몇 안 되는 노포다. 호박 먹인 미꾸라지를 어죽의 재료로 쓴다고 홍보하고 있지만 솔직히 그 차이를 잘 구분하지 못했다. 그저 그러려니 또는 몸에 좋은 재료를 쓰나 보다 하고 생각했을 뿐이다. 아, 오해하지 마시길. 굳이 호박을 안 먹이더라도 이 집의 어죽은 충분히 맛있다는 뜻이다.

어죽이라는 어려운 음식을 이처럼 탄탄하고 안정감 있게 풀어낸 이 집 음식은 충분히 인정받아야 한다. 30여 년을 넘게 한 자리에서 영업하고 있다는 사실이 이를 증명해 준다. 이 집은 꼭 다시 방문해 술 한 잔 곁들이고 싶다. 뜨겁고 진한 어죽 국물에 소주나 지역 막걸리 한 잔 들이켜면 그 맛은 또 다른 경지를 보여줄 것이다. 입천장이 다 벗겨져도 즐거우리라. 그리고 또 다른 시그니처 메뉴인 돼지족탕도 한번 주문해 보고 싶다.

대구 전동

국일따로국밥

푹 곤 고기 육수에 뭉텅하게 썰어 넣은 소고기
선지해장국+소고깃국+육개장=국일 따로국밥
대구 사람들의 소중한 일상을 간직한 공간

주소	대구 중구 국채보상로 571
전화번호	053-253-7623

육개장과 해장국 그리고 소고깃국의 경계를 절묘하게 줄타기하고 있는 대구식 소고기국밥의 매력에 빠져 보시길. 대구를 떠나는 날 아침엔 무조건 따로국밥을 먹어야 한다. 그렇지 않으면 대구를 다녀오지 않은 것과 같다.

해외를 여행할 때마다 방문하는 도시의 대표적인 음식을 맛보고, 그 맛을 도시의 이미지와 연결시켜 기억하는 편이다. 포르투의 포트 와인과 프란세지냐, 리스본의 에그타르트, 파리의 와인과 푸아그라, 뉴욕의 스테이크, 교토의 말차와 교요리 등은 도시의 풍경과 함께 하나의 이미지로 뇌리에 남아있다. 여행지와 음식의 연동은 국내를 여행할 때도 적용된다.

그런 의미에서 대구는 '따로국밥'으로 기억되는 도시다. 대구에는 대구를 대표하는 '대구 10미味'라는 열 가지 음식이 있는데, 따로국밥도 한 자리를 차지하며 대구를 대표하는 음식이 되었다.

따로국밥은 참 묘한 음식이다. 내 관점에서 보면 몇 가지 음식들의 장점들을 절묘하게 결합한, 그야말로 퓨전의 정점을 보이는 음식이라 할 수 있다. 어쩌면 이 음식의 특징에서 대구라는 도시의 정체성도 엿볼 수 있다.

요즘은 조금씩 줄어드는 추세지만, 예전 경상도 지역에서는 상갓집에서 매콤한 소고깃국(밥)을 냈다. 마당 한쪽에 커다란 가마솥을 걸어 놓고 소고기와 무, 콩나물, 파 등을 한꺼번에 넣고 한없이 끓인다. 여기에 고춧가루와 후추, 간 마늘을 듬뿍 넣는데, 찾아온 문상객들에게는 한 끼 식사가 됐고, 밤늦게까지 자리를 지켜주는 이들에게는 해장국 겸 술안주 역할을 하기도 했다.

따로국밥은 이 소고깃국과 비슷하기도 하지만 또 다르다. 경상도식 소고깃국엔 선지를 넣지 않기 때문이다. 따로국밥은 고기를 기본으로 하는 소고깃국과 달리 사골육수를 베이스로 한다는 점에서도 차이가 있다.

조금 더 파고 들어가 보면 따로국밥은 '대구탕반(대구탕, 大邱湯, 代狗湯, 大口湯)'과도 조금은 다른 모습을 보인다. 대구탕반은 대구식 육개장이라고 할 수 있는데, 개고기 대신 소고기를 사용해 만든 육개장을 일컫는다. 육개장은 고기를 결에 따라 일일이 손으로 찢어 넣는데, 따로국밥의 소고기는 뭉텅하게 썰어 넣는다는 점이 차이점이다. 육개장은 선지를 쓰지 않고 고기 육수를 푹 고아 쓴다는 것도 따로국밥과 구분되는 차이점이기도 하다(대구탕은 서울 을지로에 있는 '조선옥'에서 대구탕이라는 이름으로 판매하고 있다).

정리하자면, 대구의 따로국밥은 선지해장국과 소고깃국 그리고 육개장의 장점만 취해 엮어낸 국밥 계의 '어벤저스'

같다고 할 수 있다. 주막이나 장터의 해장국을 베이스로 하는데, 육개장의 마늘과 파 그리고 고추기름을 넣고, 선지해장국의 선지와 양을 재료로 추가해, 소고깃국의 소고기와 무와 토란 등과 함께 끓인 국이다. 말로 설명하자면 굉장히 복잡하지만 한번 먹어 보면 '선지와 양이 들어간 경상도식 소고기뭇국(또는 육개장)'이라고 불러도 어색하지는 않다는 걸 알게 된다.

국일따로국밥 매장에 따로국밥을 설명한 글이 붙어있는데, "1946년 국일따로국밥에서 소고기국밥, 육개장, 선짓국과는 다른 새로운 맛을 개발하여 최초로 이름 지은 대구 고유의 전통음식입니다"라고 소개하고 있다.

내게 대구라는 도시의 이미지가 따로국밥으로 각인된 이유는 사실 단순하다. 매번 대구 출장을 갈 때마다 숙소로 잡는 곳이 대구 지하철 중앙로역 인근의 호텔이었다. 업무를 마치고 현지의 직원들이나 함께 출장 간 직원들과 대구의 맛있는 음식들을 즐기며 회식 자리를 자주 가졌다. 호텔 조식으로는 전날의 음주로 상처 입은 속을 달래기에 힘들어 인근의 해장국 집을 찾다가 우연히 들어간 곳이 바로 국일 따로국밥이었던 것.

이 집에서 국밥 한 그릇 말아 뚝배기의 바닥을 보기 시작할 때쯤이면 흐트러진 몸의 밸런스가 슬슬 제자리로 찾아오는 것을 느낄 수 있었다. 그래서 출장 마지막 날, 대구를 떠나기 직전에는 이 집을 찾아 국밥 한 그릇을 어떤 의식처럼 먹곤 했다.

얼마 전 대구 출장에서는 처음으로 아침 해장을 위해서가 아닌, 3차 술자리를 위해 찾았다. 자정을 넘긴 밤늦은 시간임에도 대구의 초빼이들이 한 팀, 두 팀씩 취기를 안고 이 집을 찾고 있었다. 나 역시 해장 겸 마무리 술자리를 위해 그 행렬에 동참했다.

취객의 목소리가 점점 그 울림을 키워가며 매장 안을 뒤덮기 시작했다. 그럼에도 불구하고 매장에 있는 손님 누구 하나도 그들을 나무라지 않는다. 이미 시간은 이성이 지배하는 시간을 넘어 감성이 지배하는 시간이 되었다는 뜻. 이번에 들어온 신입생들이 어떠니, 얼마 전 결혼한 친구가 어떠니 하는 일상의 이야기들이 작은 소주잔에 실려 자리를 넘나들고 목구멍을 타고 흘렀다. 부러움과 질투, 애정이 담긴 소주를 마셨으니 부드러운 국물과 선지 한 덩이로 허한 속을 달랬다.

그들은 홀로 국밥에 소주를 들이켜고 있는 초빼이에게도 비어버린 술잔처럼 한 번씩 눈길을 보내왔다. 오래된 국밥집에서만 볼 수 있는 사람들의 평범하고 소중한 일상이고, 쓴 소주 한잔과 잘 끓인 대구의 국밥 한 수저만이 어울리는 풍경이다. 이 오래된 대구의 국밥집은 대구 사람들의 삶을 이렇게 바라보며 수십 년을 이어 온 것이다. 순간 이 국밥집이 웬만

한 친구들보다 더 낫다 싶은 생각마저 들었다.

초저녁부터 이어진 취기가 몸을 무겁게 짓눌렀지만, 국밥 한 수저 뜨고 나니 모든 것이 다시 리셋되는 기분이었다. 앞으로 이 집은 대구를 떠날 때만 찾는 것이 아니라 하루를 마무리할 때도 찾고, 대구를 떠날 때도 찾아야 하는 곳이 되었다.

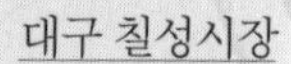

단골식당

우리나라 연탄석쇠불고기의 시작점
석쇠를 칠 때마다 피어오르는 강렬한 불향의 유혹
삼겹살과 목살을 섞어 한층 부드러운 육질

주소	대구 북구 칠성시장로7길 9-11, 2층
전화번호	0507-1320-8349

대구 능금을 전국으로 판매하던 칠성시장. 이제 능금은 없고 돼지 석쇠불고기 노포만 남았다. 누구나 부담 없이 먹을 수 있도록 저렴한 가격에 팔고 있지만 그 맛은 절대 저렴하지 않다. 소주 한 잔에 쌈 한 뭉치면 세상 부러울 것 없다.

내가 어렸을 적 대구는 '능금'이라는 말이 자연스레 떠오를 정도로 사과가 유명했던 고장이었다. 한때는 능금 아가씨 선발대회도 있었을 정도로 대구의 대표적 산물 하면 무조건 능금이었다. 1905년 경부선 철도 대구역이 완공되면서 대구역 인근은 능금 판매의 중심지가 되었는데, 이 지역 능금이 몰리던 곳이 바로 칠성시장이다.

한국전쟁이 발발하면서 칠성시장은 전국에서 피난민들이 모여들며 그 규모를 늘리기 시작했고, 1970~80년대 번성기를 맞았다. 지금은 대구에서 서문시장에 이어 두 번째로 큰 시장으로 성장했다.

상호마저 평범하기 이를 데 없는 '단골식당'은 칠성시장 안에 자리하고 있다. 이 집의 상호를 듣자마자 바로 떠오른 생각은 '이처럼 보통명사를 결합해 상호로 삼은 집은 상표권

보호를 못 받을 건데'라는 것이었다. 우리나라의 상표권 관련 법은 아주 합리적인 듯하면서도 은근히 불합리한 부분이 많다. 이런 이유로 노포들이 상표권을 뺏기게 되는 경우가 꽤 있다.

아무튼 내가 일부러 대구까지 먼 길을 마다하지 않고 내려가 이 집을 찾은 이유는, 다소 논쟁의 여지가 있겠지만, '연탄 석쇠구이'의 시작이 대구라는 설도 있는데, 이 집이 원조와 같은 집이기 때문이다.

황해도 사리원에서 유명했던 불고기가 한국전쟁 때 부산으로 내려와 '해운대 불고기'로 자리 잡았고 1970년대 들어 대구에서 꽃을 피우며 대중화된다. 당시 대구의 불고기 역시 다양한 형태로 존재했는데, 육수와 채소를 함께 넣어 끓이는 '전골식 불고기'와 물기 없이 바짝 구워내는 '바싹 불고기', 그리고 양념한 고기를 석쇠에 구워서 내던 '양념석쇠구이' 등으로 크게 나눌 수 있다. 이러한 불고기 춘추전국 시대는 양념을 가미한 '석쇠 불고기'가 대중의 인기를 끌면서 전성기를 맞게 된다. 이 전성기의 시작이 1965년부터 영업을 시작한 이 집, 단골식당이다.

단골식당이 자리하고 있는 칠성시장 골목에는 한때 20여 개 이상의 석쇠구이집이 몰려 대단한 성황을 이루었지만 지금은 원조 격인 단 두 집만 남은 상태다. 골목 입구의 '함남식당'과 골목 중간에 자리한 '단골식당'이 그곳인데, 나머지 가게들은 닭 내장 구이와 족발집 등에 밀려나 지금은 그 흔적을 찾을 수가 없다.

대구 지하철 칠성시장역 2번 출구로 나와 도로를 건너 시장 골목으로 몇 걸음만 옮기면 단골식당의 간판이 바로 보인다. 골목 입구에서부터 불향 가득한 불고기 향이 강하게 후각을 자극하기 때문에 모르고 지나칠 일은 없다.

단골식당 앞에 다다르면 매장 입구에 수북이 쌓인 석쇠불고기와 커다란 연탄 화덕을 볼 수 있다. 나는 육류 중에서도 돼지고기를, 그중에서도 석쇠 불고기를 가장 좋아하기 때문에 이 골목에 들어서는 순간 두근거리는 가슴을 진정시키기가 어려웠다.

사장님의 화려한 석쇠 질에 연탄불 위로 빨간 불꽃이 활화산처럼 피어오르고, 석쇠 위로 하얀 연기가 뭉게뭉게 솟아오르기 시작하면 강렬한 불향이 사방으로 퍼지기 시작한다. 이 유혹 앞에서 지나가는 사람들의 걸음은 잠시 멈칫할 수밖에 없다. 양념 된 고기의 가장자리는 살짝 오버쿡 된 듯 까맣게 탄 자국이 보이는데, 사실은 이때가 석쇠 불고기가 가장 맛있는 상태다. 나는 파블로프의 개가 된 듯 조건반사적으로 입안에 침이 한가득 고인다.

의도하지는 않았겠지만, 매장 입구에 화덕을 놓아 지나가는 사람들이나 매장을 찾는 손님들에게 고기를 굽는 과정을 직접 보게 하는 것은 굉장히 강력한 효과를 낸다. 석쇠를 한 번씩 칠 때마다 퍼지는 불향 가득 품은 하얀 연기와 거침없이 피어오르는 불꽃은 굉장히 임팩트 있는 퍼포먼스다. 패티를 구우면 불꽃이 확 올라오던 모 햄버거 브랜드의 CF를 연상하게 한다. 여기에 강력한 불에 졸여지는 간장과 고추장의 향, 고기가 익어가며 내는 육향까지 더해져 이 앞을 지나는 사람들의 시선을 끌지 않을 수가 없다.

서둘러 가게 안으로 들어섰는데, 그나마 인적이 드문 시간이라 2인용 좌석에 앉을 수 있었다. 자리에 앉자마자 바로 주문을 했다.

"간장 하나와 고추장 하나, 그리고 참소주 하나요."

참소주는 대구 지역의 소주다. 외지인임을 너무 성급하게 드러나게 하는 것이 아닐까 하는 생각도 잠시. '오봉(일본어이지만 경상도에서는 쟁반의 사투리처럼 쓴다)'에 올린 몇몇 곁들임 채소와 소주가 바로 나온다. 그리고 석쇠 불고기 두 접시도 바로 등장. 1인분씩 주문해 양이 조금 작기도 하다. 불고기를 담은 접시 크기가 앙증맞기만 하다. 예상보다 작은 사이즈지만, 그래도 1인분에 200그램이나 주니 서울의 여느 불고깃집보다 많은 양이다. 테이블 위에서 솔솔 피어오르는 간장 불고기와 고추장 불고기의 불향에 마음이 급해진다.

일단은 참소주 한 잔을 잔에 따르고 간장 불고기를 먼저 쌈에 싼다. 소주 한 잔을 입에 털고 쌈 한 뭉치. 그리고 다시 잔을 채우고 이번엔 고추장 불고기 한 쌈. 허겁지겁 먹다 보니 금세 접시의 바닥이 드러나기 시작한다. 젓가락질 속도를 조금 늦춘다.

이 집의 고기는 삼겹살과 목살, 갈빗살 등 갖은 부위를 혼합해 사용한다. 우리가 흔히 먹는 석쇠불고기는 대체로 '후지(뒷다리살)'를 쓰고 조금 괜찮은 곳에서는 '전지(앞다릿살)'를 사용한다. 가격이 저렴하고 기름기가 적고 살이 많아 양념불고기에 잘 어울리기 때문이다. 그러나 비계가 적은 부분이다 보니 그만큼 기름기가 적어 불 위에 오래 두면 퍽퍽해지고 맛이 떨어지는 것이 단점이기도 하다. 그러나 이 집은 삼겹살과 목살 등을 섞어 사용하기 때문에 적절한 지방이 들어 있어 육질이 굉장히 부드러운 것이 특징이다.

사족을 조금 더 붙이자면, 젊은 세대들이 즐겨 찾는 대구 북성로의 돼지불고기와 냄비 우동 세트는 원래 칠성시장의 석쇠불고기와 동성로의 가락국수를 벤치마킹해 세트로 만들어 낸 것이라고 한다. 그러나 북성로 쪽에서는 음식 내는 시간을 줄이기 위해 고기를 미리 초벌해 놓고 주문이 들어오면 다시 구워낸다. 그리고 단가를 맞추기 위해 비교적 저렴한 돼지 뒷다릿살을 사용한다. 칠성시장 석쇠구이집에서는 가락국수 대신 공깃밥을 낸다는 것도 다른 점이다.

어느새 접시가 바닥을 드러내 간장 불고기 1인분 추가 주문했다. 초빼이들은 비겁하게 고깃집에서 공깃밥으로 배를 채우지는 않는다. 아직은 대낮이라 문밖 세상이 환하지만, 가게 안에 있는 초빼이의 눈에는 벌써 별이 보이기 시작한다. 혼자 낮술 하기에는 정말 적절하고 부담 없는 곳이다.

이 집에서 특별한 또 하나는 경상도의 여느 고깃집에서 쉽게 만날 수 있는 상추 무침이다. 요즘에는 경상도 고깃집에서도 파무침(파절이)을 내는 곳이 많지만, 예전에는 대부분 상추를 매콤 새콤한 양념에 버무려 냈다. 이 집에서 오랜만에 상추 무침을 대면하니 마산에서 고등학교에 다니던 시절, 친구들과 자주 찾던 경남대학교 앞 고깃집들이 불현듯 떠 오른다. 지금은 아주 오래전 일이지만 그때는 고등학교 친구들과 대학생인 척하며 술도 많이 마시고 다녔는데.

대한민국 사람 중 고기를 좋아하지 않을 사람이 어디 있으며, 그중 양념 석쇠불고기를 마다할 사람이 또 어디 있을까. 음식 자체의 매력이 워낙 뛰어나다 보니 손님들의 연령대가 굉장히 다양하다. 연로하신 노부부는 느긋하게 식사를 즐기고, 막 불고기에 맛을 들인 아이를 데리고 나온 젊은 부부도 있다. 중년 아저씨들은 삼삼오오 낮술을 즐긴다. 고추장 불고기로 수다를 떨며 스트레스를 풀고 있는 교복 차림의 여중생들도 보인다.

아무래도 시장통에 있다 보니의 번화가에 있는 고깃집에 비해 상당히 저렴한 가격도 굉장한 강점이다. 여기에 뛰어난 음식 맛과 정취가 역사와 함께 버무려져 있으니 대구에서도 독보적인 자리를 차지할 수밖에 없다. 만약 여행이나 출장으로 대구를 찾게 되신다면 꼭 한번 들러보시길 권한다. 부러 이곳을 시간 내어 찾아도 절대 후회하지 않을 것이다.

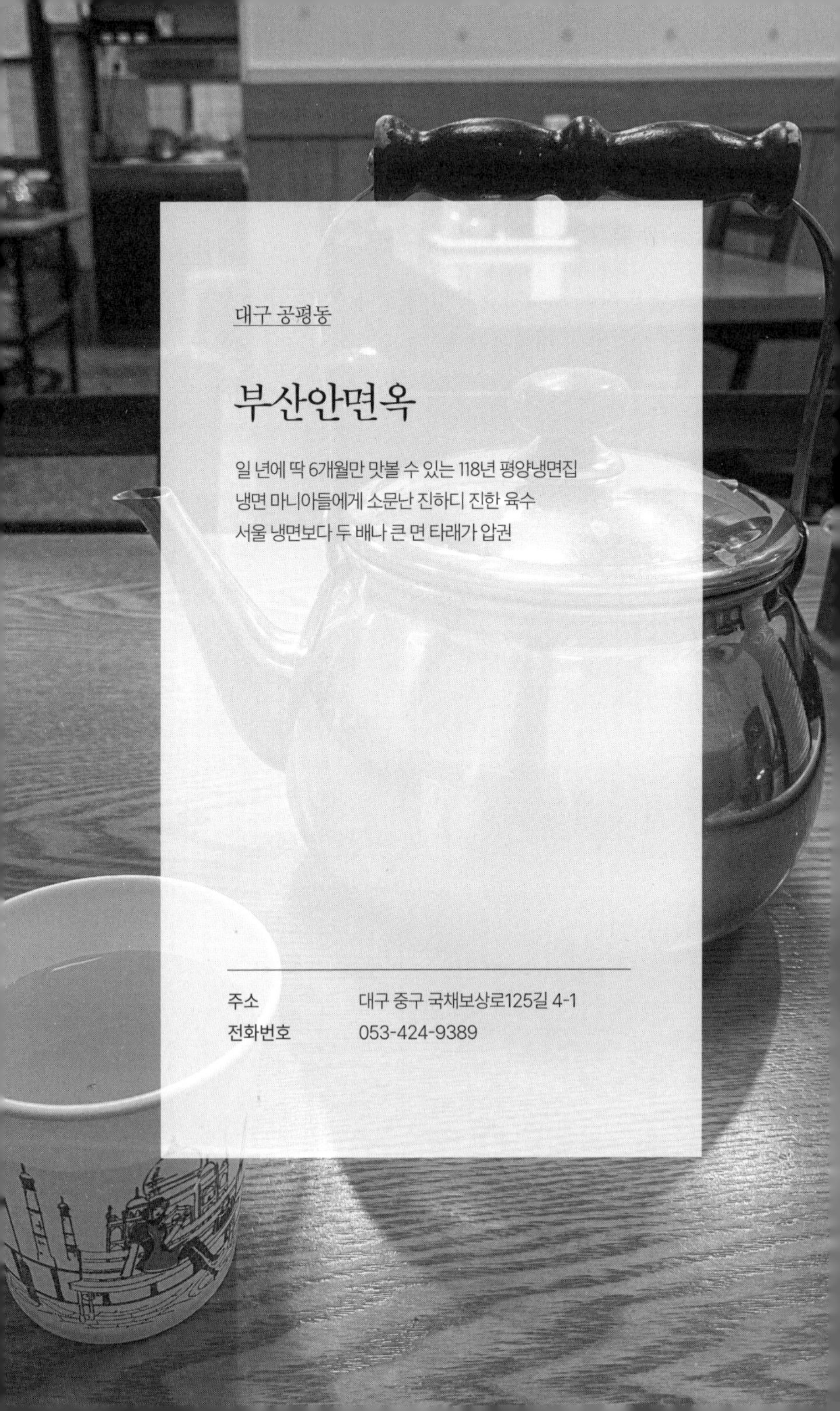

대구 공평동

부산안면옥

일 년에 딱 6개월만 맛볼 수 있는 118년 평양냉면집
냉면 마니아들에게 소문난 진하디 진한 육수
서울 냉면보다 두 배나 큰 면 타래가 압권

주소	대구 중구 국채보상로125길 4-1
전화번호	053-424-9389

대구의 대표적인 평양냉면 노포. 포장 손님에 대한 배려와 노하우에서 오랜 노포의 돋보이는 관록을 찾아볼 수 있다. 1년 중 딱 6개월만 영업하는 곳으로 이곳을 찾을 땐 반드시 영업 여부를 확인해야 한다.

여름 대구의 더위는 상상 이상이다. 그래서 '대프리카(아프리카와 대구의 합성어)'라고도 부른다. 이런 날씨에 가장 생각나는 음식은 아무래도 냉면일 것이다. 시원한 육수에 면 타래를 틀어 내놓는 냉면 한 그릇이면 한 여름의 열기를 이겨내기에 부족함이 없다.

요즘이야 냉면은 더운 여름에 주로 찾지만, 다 아시다시피 냉면은 겨울 음식이다. 38선 너머에 있는 이북의 전통 음식인데, 육수는 주로 동치미 국물을 사용했다. 그런데 동치미는 겨울에 만드는 김치가 아니던가. 면 역시 겨울철 구황작물인 메밀이나 감자를 써야 하니 냉면이 겨울 음식이라는 것은 누구도 부인할 수 없는 사실이다. 그러나 '귤화위지橘化爲枳'라는 말처럼, 환경이 달라지면 사물의 성질이 변하듯 냉면은 남한으로 내려와 여름철에 더 각광받는 음식이 됐고 이제는 여름을 대표하는 음식으로 자리잡았다.

남한에서 냉면이 대중적인 인기를 끌기 시작한 것은 20세기 초로 알고 있다. 밤새도록 술을 마신 장안의 한량(초빼이)들이 냉면이나 설렁탕을 배달시켜 그 육수로 해장하는 것이 유행하면서부터다(조선시대로 보는 분들도 있다). 요즘 떡볶이나 치킨을 배달시키는 것과 비슷한데, 인천에서 가장 오래된 냉면집인 경인면옥을 다룬 옛 기사는 경인면옥의 냉면을 서울까지 배달해 먹기도 했다고 소개하기도 한다. 당시 냉면의 인기를 미루어 짐작할 수 있을 뿐만 아니라, 1900년대 초반에도 배달 음식을 그렇게 즐겼으니 진정 '배달의 민족'이 맞다.

냉면이 서울과 인천에 국한되었던 지역적 한계를 뚫고 전국으로 퍼져나가는 큰 계기는 한국전쟁이었다. 전쟁의 화를 피해 남한으로 피난 온 이북의 실향민들이 남한 곳곳에 자리 잡았고, 그들이 생계를 위해 자신들이 먹던 냉면을 팔기 시작하면서 남한 곳곳에 냉면집이 생기고 곧 전성기를 맞게 된 것이다.

이번에 찾은 집은 앞에 소개한 사연에 딱 들어맞는 역사를 가진 냉면집으로, 대구의 노포 냉면집 중 한 곳이다. 대구 지하철 중앙로역 인근에 자리 잡은 '부산안면옥'은 오랜 역사를 자랑하며 평양냉면의 전통을 잘 지켜오고 있는 집이다. 냉면 마니아들 사이에서는 진한 육수가 인상적이라고 소문이 나 있는 곳이고, 대구에서 제대로 된 평양냉면을 선보이는 집으로 회자되고 있다.

부산안면옥은 가게 입구에 자신들의 연대기를 붙여 놓았는데, 1905년 평양에서 '안면옥'이라는 이름으로 영업을 시작해 한국전쟁의 막바지인 1953년 부산으로 이전해 같은 상호로 영업을 이어갔고, 1969년 대구로 이전하면서 지금의 상호인 '부산안면옥'을 사용하고 있다고 한다.

골목길처럼 보이는 이 집의 입구에 들어서면 오래된 노포 특유의 차분하고 안정적인 분위기가 먼저 느껴진다. 그리고 가장 먼저 보이는 건 맹렬하게 끓고 있는 솥이다. 마치 누구의 손도 허락하지 않겠다는 듯 단단하게 구조물로 싸여있는데, 솥에서 끓고 있는 것은 분명 냉면 육수일 것이다. 사골과 사태살 그리고 풍기인삼을 넣어 끓인다는 그 유명한 육수 말이다.

점심시간을 한참 지난 오후 3시경에 이 집을 찾았다. 대구를 뜨겁게 달구는 태양이 조금씩 그 열기를 낮추려는 시간, 비어있는 테이블이 그나마 조금 눈에 보인다. 조금이나마 편하게 음식을 즐길 수 있겠다 싶은 안도감도 든다.

자리에 앉자마자 따뜻한 육수가 담긴 아담한 크기의 주전자를 내주신다. 기다란 주전자 입을 통해 나오는 향이 관심을 끈다. 조금은 짠 듯 간이 되어 나온 온 육수는 경양식집에서 나오는 수프와 비슷한 역할을 한다. 배고픈 손님들은 냉면이 나오기 전까지 육수 한 잔을 마시며 마음을 차분하게 가라앉히는 것이다.

혼자 방문한지라 냉면과 제육을 주문했다. 메뉴판에 '냉면'이라 적힌 것은 평양냉면이고 함흥냉면이라 적힌 것은 비빔냉면이다. 여타 냉면집과 조금 다른 점은 불고기와 밥(추가) 메뉴가 있다는 것. 게다가 요즘 서울의 내로라하는 냉면집들이 거의 냉면값에 육박하는 추가 사리 값을 매기는 데 비해 이 집의 사리값은 감사한 마음이 들 정도로 저렴하다.

이런저런 생각에 빠져 있는 동안 테이블 위에 제육 접시가 올라온다. 물론 주문한 소주도 함께 등장. 제육은 조금 차가운 상태다. 이 정도 두께의 제육을 매끈한 상태로 내기 위해서는 기계를 사용해야 하는데, 아마도 돼지고기를 삶은 뒤 한 소끔 식힌 후 썰어냈을 것이다. 기름기가 많지 않은 드라이한 상태의 제육이 굉장히 마음에 든다. 딱 내가 좋아하는 스타일이다.

이 제육을 가장 맛있게 먹는 방법이 뭘까 고민하며 다양한 시도를 한다. 우선 제육을 집어 양파 간장에 찍어 입에 넣으니 돼지고기 냄새도 잡아줌과 동시에 은은한 단맛이 쓱 치고 올라와 좋다. 두 번째 고기는 매운 고추를 된장에 찍어 올리고 새우젓도 함께 곁들여 본다. 이 맛은 우리가 익히 알고 있는 그 맛이다. 입안을 맴도는 된장에서 살짝 달콤한 맛이 나는 것으로 보아 두 종류의 장이 섞여 있는 것 같다. 또한 잘 빻은 고추와 고추씨가 함께 들어 있어 미세한 매운맛이 입안을 깔끔하게 만들어 주는 역할까지 한다.

가장 마음에 들었던 조합은 경상도식 김치와 제육을 함께 먹는 것이었다. 김치는 보기와 달리 맵지 않지만 입안에서 제육과 어우러지며 굉장한 파괴력을 보여주었다. 고기가 김치를 만나 그 맛이 몇 배나 증폭됐다.

이 집 육수는 서울의 유명 평양냉면집들과 달리 간장으로 간이 되어 있다는 점에서 조금 독특하다. 장충동 평양냉면이나 의정부 계열의 필동면옥과 을지면옥의 육수와는 다른 길을 걷고 있다. 인천에서 가장 오래된 평양냉면 집인 경인면옥의 육수와 유사하다고 할 수 있다. 한여름에도 동치미는 담을 수는 있으나 그 맛이 겨울과 달라 냉면의 육수 맛을 변형시킬 수 있다. 그래서 고기 육수와 간장을 사용해 맑고 시원한 냉면 육수를 만들어 내는 것이다.

냉면에 올린 고명과 꾸미에서도 이 집과 경인면옥은 크게 차이를 느끼지 못할 정도다. 단 부산안면옥의 고명에서 눈여겨 볼 것은 보통의 평양냉면집에서 보기 힘든 완자 꾸미가 있다는 것. 이 집에서만 맛볼 수 있는 '레어템'인데 부드러운 식감과 굉장히 슴슴한 맛을 보여준다.

면은 대구 특유의 인심 때문인지 타래의 크기가 서울보다 두 배 정도 크다. 젓가락으로 저으면 면이 스르륵 흐트러지며 전분기가 풀리는데, 이때 육수의 색이 조금 탁해진다. 하지만 이때가 또 다른 육수 맛을 볼 수 있는 기회이기도 하다. 전분기를 품어 한결 부드러워진 육수의 촉감이 또 다른 매력을 느끼게 한다.

육수에 변화를 줄 수 있는 또 하나의 방법은 반쯤 먹고 남은 육수에 식초를 조금 뿌리는 것. 육수의 세 번째 변신이다. 식초를 세례를 받은 육수는 부드러움과 새콤함, 그리고 달콤한 맛을 동시에 지니게 된다. 이 세 번의 육수 맛의 변화를 경험하고 나서야 왜 이 집이 대구 평양냉면의 명가로 인정받고 있는지 알 수 있었다.

또 한 가지 이 집에서 인상적이었던 것은 포장 손님들을 대하는 사장님의 응대였다. 유명한 노포답게 포장 손님도 꽤 많았는데, 포장 손님 모두에게 포장해 가는 음식을 먹을 때까지 걸리는 시간과 이동 수단을 꼼꼼하게 물어보신다. 그리곤 그에 맞게 음식의 온도와 포장을 일일이 조정해 주는 것이다. 거리와 이동 수단에 따라 음식의 포장을 조정하고 맞추는 일은 어지간한 정성이 아니면 할 수 없는 일이다. 노포의 축적된 경험과 노하우가 이를 가능케 하는 것이리라.

일본의 몇백 년 된 노포에서 볼 수 있음 직한 일화를 보는 듯했다. 사장님과 포장 손님 사이에 오가는 이야기를 훔쳐 들으며 온몸에 소름이 돋았다. 우연히 듣게 된 이야기지만 그대화로 인해 오히려 이 집 음식의 맛을 더 제대로 맛보려는 마음이 생겼다. 손님 한 분, 한 분에게 쏟는 사장님의 정성이 이러할진대, 이 집과 이 집에 대한 기록을 남기겠다는 내 자신을 한 번 더 돌아보지 않을 수 없었다. 고객을 응대하는 모습을 보며 또 하나를 배운다. 이 정도면 단순한 음식점 사장님의 고객에 대한 응대 수준이 아니라 삶에 대한 자세이다.

오랜만에 선주후면先酒後麵, 맛있는 냉면을 놓고 기분 좋게 술을 마셨다. 다음번 대구에 올 때 꼭 들르고 싶은 집이다.

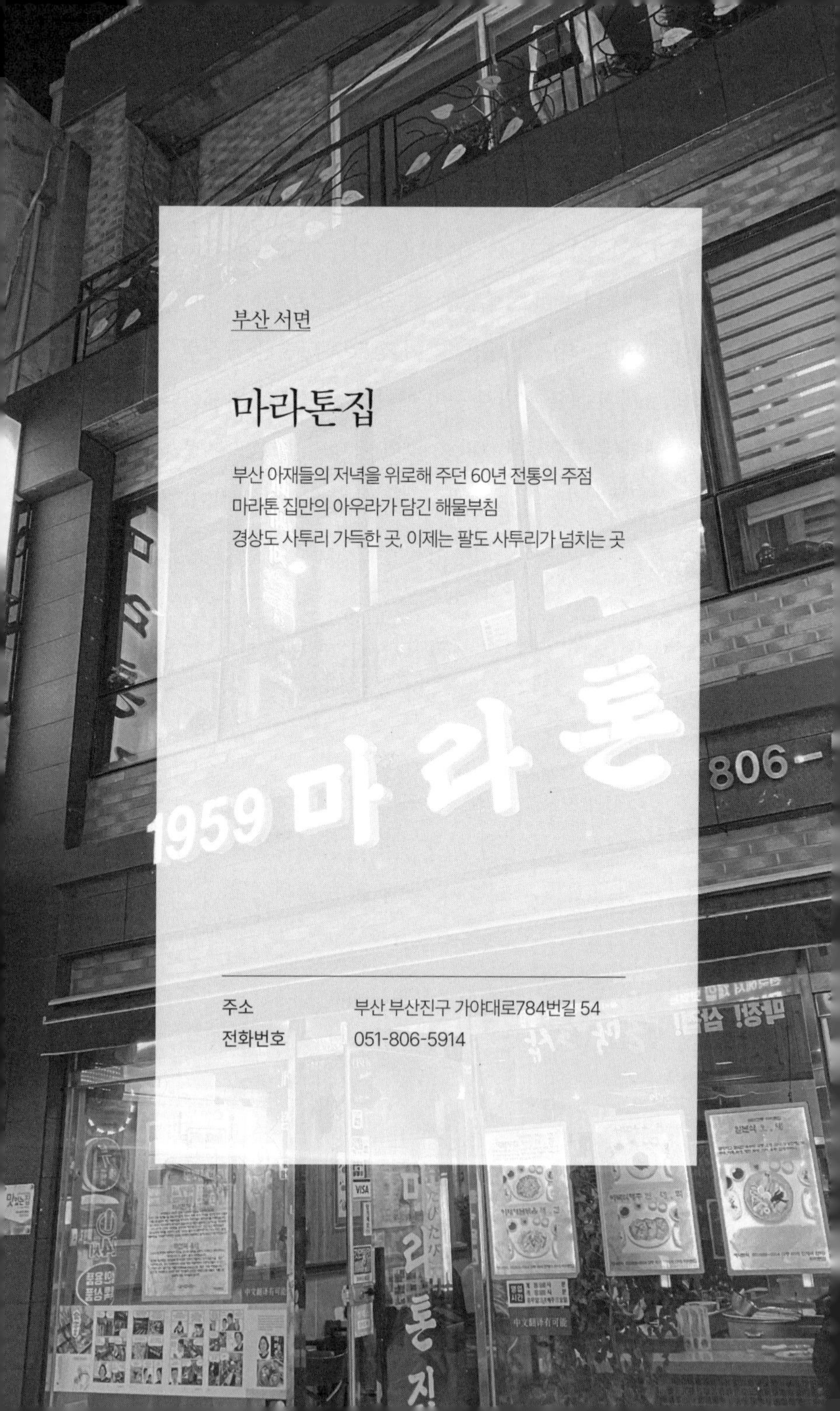

부산 서면

마라톤집

부산 아재들의 저녁을 위로해 주던 60년 전통의 주점
마라톤 집만의 아우라가 담긴 해물부침
경상도 사투리 가득한 곳, 이제는 팔도 사투리가 넘치는 곳

주소	부산 부산진구 가야대로784번길 54
전화번호	051-806-5914

달리기를 싫어하는 초빼이지만, 이 집의 '마라톤'과 '재건'은 사랑할 수밖에 없는 메뉴다. 부산 오뎅으로 만든 오뎅탕과 해물을 가득 담아 깊고 고소한 맛을 품은 마라톤은 꼭! 반드시! 먹어보아야 한다.

서면은 외지인이나 관광객들에게는 조금은 낯선 공간이지만, 부산 토박이들에게는 부산 제일의 번화가로 손꼽히는 지역이다. 서울의 명동처럼 많은 백화점과 호텔이 있고, 그 사이사이로 다양한 음식점과 쇼핑가가 복합적으로 몰려 있는 부산의 대표적인 번화가다.

지하철 서면역에서 내려 거리를 가득 메운 사람들 사이를 지나 골목 어귀 어디쯤에 서면 '마라톤집'이라는 독특한 이름을 가진 가게를 만날 수 있다. 이 집 상호에 얽힌 재미난 이야기가 있다. 아주 오래전 이곳이 20석 정도의 작은 가게이던 시절, 밖에서 줄을 서서 기다리던 손님들이 "마라톤합시다"라고 외치면 가게 안에서 술을 마시던 손님들이 마라톤 선수 손기정이 달리던 빠른 페이스로 술 마시는 속도를 올렸다고 한다. 이 집이 가지고 있는 서사가 가게의 상호이자 대표 메뉴의 명칭으로 굳어버린 것이다.

내가 이 집을 처음 찾은 것은 30여 년 전쯤이었다. 당시 부산에 살던 대학 선배를 찾았다가 함께 술을 마시러 갔다. 요즘처럼 요식업이 활발하지 않아 외식 메뉴에도 다양성이 부족했던 그 시절, 오뎅탕을 시키면 함께 나오던 '스지(소힘줄)'와 '유부 주머니'에 굉장한 관심을 가졌던 기억이 난다. 어디에서도 볼 수 없었던 독특한 음식이었기 때문이다. 매일 자취방 근처 분식집에서 사 먹던 오뎅탕에서 나던 멸치 육수 냄새는 전혀 찾을 수 없던, 부드럽고 담백한 오뎅탕의 국물은 그야말로 신세계에 가까웠다. 게다가 오뎅탕의 핵심이라 할 수 있는 오뎅의 퀄리티는 향과 맛에서 너무 차이가 나, 오뎅이 아니라 어묵이란 것이 확실히 느껴지던 맛이었다(당시에는 비싸고 어육 함량이 많은 고급 오뎅을 어묵이라 불렀다).

아마도 그때는 이런 맛을 '어른의 맛' 또는 '부자의 음식'이라 여겼던 것 같다. 이전에는 한 번도 보지 못했던 외형과 식재료의 구성, 그리고 맛에서 포장마차나 분식집의 어묵 국물과는 다른 차원의 깊이를 느낄 수 있었다. '아니, 부산 사람들은 이런 걸 앞에 두고 술을 먹는다고?' 그때의 마음은 부러움을 넘어 질투까지 다다랐던 것 같다. 그리고 세월이 흘러 일본 여행과 출장을 자주 다니다 보니 마라톤집의 오뎅탕은 일본에서 출발했다는 것을 알 수 있었다.

요즘 마라톤집의 오뎅탕은 내 기억 속에 남아 있는 예전의 그것과는 약간 차이가 있다. 지금은 정말이지 세련되었다고 할까? 다양한 재료들이 보기 좋게 어울려 정말이지 먹음직스러운 안주가 되었다. 그 옛날 허름한 가게 안에서 손님들의 어깨와 머리 위로 넘어 다니던 그 오뎅 그릇이 아니다. 예전보다 더 좋은 재료를 사용해 보는 것만으로도 대접받는 기분이 든다. 아무렴 어떠랴. 그 깊은 국물과 유부 주머니는 아직도 풍성한 감칠맛을 머금고 있고, 맛은 예전보다 더 깊어졌는데 말이다.

마라톤 집은 1959년 문을 열었다. 우리가 전쟁의 아픔에서 조금씩 벗어나기 시작했을 때다. 벌써 60년이 넘은 노포가 된 셈이다. 전쟁을 피해 부산으로 피난왔던 초대 사장님께서 노점으로 시작했던 마라톤집은 작고 허름한 매장을 거쳐 이제는 부산에서 가장 비싼 지역 중 하나인 서면에 자신들의 건물을 가지기에 이르렀다, 명실공히 부산을 대표하는 대표적인 노포로 성장한 것이다.

이 집은 모든 메뉴가 다 괜찮지만 그래도 시그니처 메뉴를 꼽으라고 하면 오뎅탕과 해물부침(마라톤), 해물야채볶음(재건)이다. '번철'이라 부르는 두꺼운 주물판 위에 넉넉히 기름을 두르고 지지는 해물부침은 빈대떡에 뒤지지 않을 고소함을 가득 담고 있다. 해물과 야채의 향이 잘 어우러져 있어 도저히 손을 대지 않을 수 없다. 여기에 계란옷 곳곳에 숨어있는 큼직한 굴이 단맛을 더한다. 자칫 느끼해질 수 있는 기름맛을 갖은 해산물들이 잘 잡아주는 것이다. 일반 해물파전과는 비교할 수 없는 마라톤만의 아우라가 있다.

30여 년이 흐른 후 지금, 한국에 없는 그 선배 대신 함께 '살아주고 계시는' 마눌님이 건너편 의자에 앉아 있다. 세월이 흐르면서 마라톤집은 부산의 대표적인 주점이자 명소로 자리 잡았고, 좁았던 가게는 건물 1, 2층을 함께 쓸 정도로 양적 성장도 이뤄냈다. 부산 사투리를 쓰는 사람들로만 가득했던 공간이 지금은 팔도 사투리로 시끄럽다. 방송을 비롯해 유명 음식 만화에서도 다뤄지다 보니 이제는 전국구 명소가 되어 버린 것이다.

'음식에 대한 기억은 추억이다'라는 말이 있다. 음식을 섭취하는 행위가 단순히 한 끼의 허기를 때우기 위한 식사가 아닌, 누군가와 함께 음식을 먹는 것이라면 그 자체로 일종의 '관계 잇기'가 된다. 함께 음식을 먹는 사람이 누구인지, 어떤 음식을 먹었는지, 어떤 이야기를 나눴는지 하는 모든 것들이 내 앞에 놓인 접시 위 음식과 함께 기억된다. 음식을 떠올리면 사람이 떠오르고, 그 사람과 함께 한 시간이 기억되며, 그 음식을 먹은 장소가 떠오른다. 내가 다음에 마라톤집을 찾게 될 때는 30여 년 전의 그 선배와 함께 지금 나와 살아주는 마눌님의 얼굴도 떠올리게 될 게다. 초빼이에게 마라톤 집이 좀 더 무거운 존재가 되었다.

이제는 '마라톤합시다'라는 외침도 더 이상 들을 수 없을 정도로 매장은 크게 넓어졌고, 박정희 시대의 유산인 '재건'이라는 단어를 굳이 사용하지 않아도 될 정도로 우리의 삶은 풍요로워졌다. 그렇지만 내겐 이 집에 대한 30여 년 전의 기억이 사진처럼 남아 있다. 부산을 여행한다면 한 번쯤 꼭 들러보시라고 말씀드리고 싶다. 이유나 이해 같은 건 따지지 말고, '부산 서면=마라톤 집'이라는 공식은 '근의 공식'처럼 외웠으면 한다.

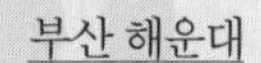

의령식당

야성이 살아있는 순도 100퍼센트의 돼지국밥
끝없이 소주를 부르는 마법의 수육
메트로폴리탄 해운대에 아직 이런 집이 남아 있다니!

주소 부산 해운대구 우동1로50번길 15
전화번호 051-746-9661

화려한 해운대 바닷가의 뒤편, 묵묵히 자리를 지키며 국밥을 말아내는 의령식당의 존재감은 그 수수함 때문에 더욱 돋보인다. 야성 넘치는 부산의 돼지국밥을 점잖게 풀어내는 사장님의 모습에 장인의 기품마저 느껴진다.

이십여 년을 마산에 살며 보아 온 옆 동네 부산은 야성이 넘치고, 열정적인 사람들이 모여 사는 에너제틱한 도시였고, 다양한 음식과 다양한 문화가 한데 어우러져 새로운 것들을 창조해 내는 용광로와 같은 곳이었다.

부산은 대한민국 최대의 항구도시로 다양한 문화가 한국으로 들어오는 관문이자 외국의 문화를 자체적인 필터링을 통해 새로운 문화로 재창조하는 곳이기도 했다. 이런 이유로 부산은 타지역에서 찾아볼 수 없는 다양한 음식을 경험할 수 있는 요람과 같았으며, '한국의 부엌'으로 불러도 손색이 없는 곳이기도 하다.

부산 하면 떠오르는 음식이 많이 있을 것인데, 그 중 대표적인 것이 돼지국밥이다. 부산 출신의 시인 최영철이 1997년 발표한 시집 『야성은 빛나다』에서 돼지국밥이 무엇인지, 돼지국밥을 대하는 부산 사람들의 마음을 어렵지 않게 읽을 수 있다.

"야성을 연마하려고 돼지국밥을 먹으러 간다 / 그것도 모자라 정구지 마늘 새우젓이 있다…(중략)…/ 돼지국밥에는 쉰내 나는 야성이 있다…(중략)…/ 히죽이 웃는 대가리에서 야성을 캐다 / 홀로 돼지국밥을 먹는 이마에서 야성은 빛나다" (시 「야성은 빛나다」 중에서)

돼지국밥에 대한 이토록 열정적인 고백이 어디 있었던가! '도대체 돼지국밥이 뭐라고 시까지 있나'하고 생각하시는 분이 있다면, 아직 돼지국밥을 사랑하는 사람이 아니라고 단언할 수 있다. 조금 더 폐관 수련이 필요한 상태.

이 시 한 편만으로도 나는 부산 사람들의 돼지국밥에 대한 각별한 애정을 알 수 있었다. 당연히 부산에는 엄청난 수의 돼지국밥집이 있을 터. 예전부터 부산에는 전설처럼 추앙받는 돼지국밥집이 많은데 옛 시장 골목이나 터미널, 그리고 공단 등 사람이 많이 모이는 곳이라면 어김없이 국밥집이 들어서 있고 돼지국밥 골목이 만들어져 있다. 동래나 서면, 범일동과 같은 지역들이 그렇다.

부산에서 돼지국밥집을 한다는 것은 어중간한 실력으로는 함부로 덤벼들 수 없는, 진정한 실력자들만이 살아남을 수 있는 서바이벌 무대에 오르는 것과 같다. 이름 모를 수많은 국밥집들이 생겨났다가 사라지고, 또 생겼다가 다시 사라지는 과정을 반복하며 마침내 진정한 강자만이 살아남는다. 부산에 있는 수많은 돼지국밥 노포 중 여기에서 소개하고자 하는 곳은 부산 해운대에 자리 잡고 있는 '의령식당'이다.

해운대 전철역에 내려 바닷가를 거닐었다. 아무래도 시기가 시기인지라(12월 말이었다) 전국에서 몰려온 많은 관광객들이 해운대 백사장을 메우고 있었다. 최치원 선생이 해운대라는 이름을 붙일 때 '이런 광경을 상상이나 했을까?' 하는 생각도 해 본다. 차가운 바람 속을 뚫고 삼십여 분을 걸었더니 추위와 허기가 동시에 찾아왔다. 매서운 바닷바람을 피할 곳이 필요했다. 다시 발길을 돌려 휘황찬란한 해운대 해변을 등지고 거슬러 올라갔다. 멀리서 불 켜진 의령식당의 간판이 보이기 시작한다.

일단 국밥 하나와 수육 하나를 시켰다. 김치, 깍두기 등 기본으로 나오는 찬과 고추와 마늘, 장들은 다른 여느 국밥집과 별로 차이가 없다. 멀건 돼지고기 육수 위에 둥둥 떠다니는 파와 후추 등 비주얼도 평범한 수준. 그러나 수저로 국물 한 모금만 딱 떠서 맛보면 '어?' 하고 고개를 갸웃하게 되고, 다시 한번 더 국물을 맛보면 '아!'라는 감탄사를 또 한번 내뱉게 된다. 거칠지 않고 잘 다듬어진, 깔끔한 순도 100퍼센트의 돼지 국물을 마시는 느낌이다.

새우젓을 조금 넣어 간을 맞추고, 정구지(부추의 경상도 사투리) 무침을 한 젓가락 들어 국물에 넣고 휘저어 준다. 그리고 밥공기를 들고 밥을 말면 세팅 완료. 한 숟가락 크게 떠서 먹어 보면 더 이상 부연 설명이 필요 없는 완성도 높은 돼지국밥의 맛을 느낄 수 있다. 국밥의 반 정도를 그렇게 먼저 먹고 남은 반은 다대기를 풀어 약간 맵게 만들어 먹어도 좋다. 칼칼한 맛의 맑은 국물을 원한다면 함께 나온 고추(굉장히 맵다)를 손으로 잘게 부러뜨려 국물에 몇 조각 넣으면 된다. 금세 날을 잔뜩 세운 매운맛의 국물로 재탄생한다.

부산과 마산, 합천, 밀양, 함안 등 경상도의 돼지국밥집과 시골 장날 국밥집까지 많이 다녀 봤지만, 이 집의 국물처럼 높은 완성도를 가진 집을 찾기는 쉽지 않았다.

함께 주문한 수육마저 상에 오르면 이건 유혹 정도의 수준이 아니라 '오늘 맨정신으론 이 집을 못 나간다'라는 예감이 강하게 든다. 아니 확신이 든다. 잘 삶아서 한소끔 식힌 후 내는 수육은 소주를 부르는 마법의 안주다.

맛도 맛이지만 한 가지 궁금한 점은 부산에서 가장 땅값이 비싸다는 해운대에, 거기서도 메트로폴리스의 상징과 같은 지역에 이런 수수하고 정갈한 돼지국밥집이 아직 남아 있으며, 심지어 이런 착한 가격에 음식을 낸다는 것이다. 사장님이 건물주가 아닐까 하는 의심이 들 정도다. 5천 원을 받는 국밥과 7천 원의 수육 백반(수육+국밥), 그리고 8천 원부터 13,000원을 받는 수육 가격은 믿어지지 않았다(지금은 일부 가격이 조정됐다).

이 집을 알게 된 후, 부산은 내게 '의령식당 보유 도시'가 됐다. 내가 사는 곳이 이 근처라면 일주일에 5일 정도는 이 집에서 국밥으로 끼니를 해결하고 나머지 이틀은 수육에 소주를 한잔할 수 있을 것 같다. 어쨌든 부산에 가면 꼭 들르고 싶은 곳이다.

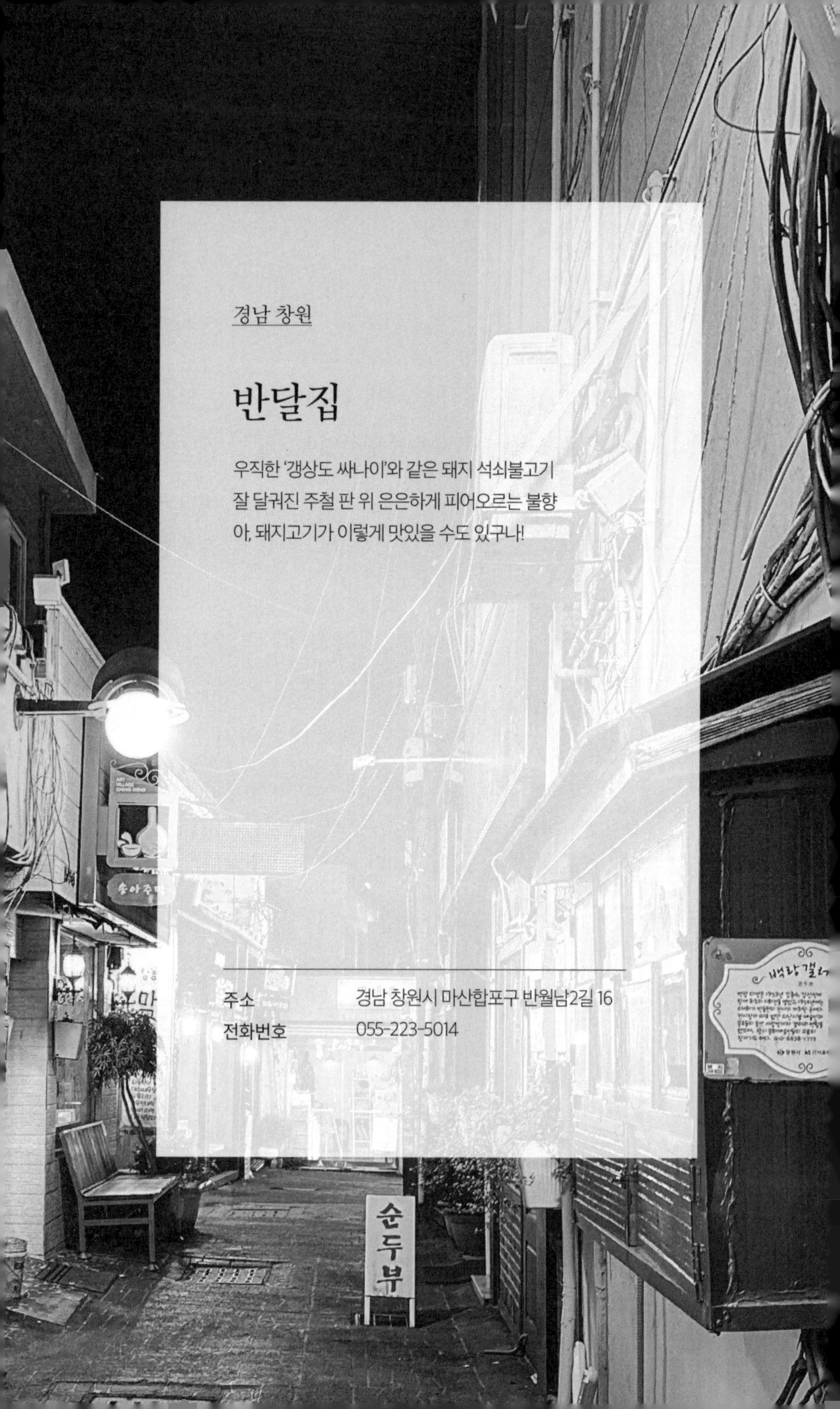

경남 창원

반달집

우직한 '갱상도 싸나이'와 같은 돼지 석쇠불고기
잘 달궈진 주철 판 위 은은하게 피어오르는 불향
아, 돼지고기가 이렇게 맛있을 수도 있구나!

주소	경남 창원시 마산합포구 반월남2길 16
전화번호	055-223-5014

'돼지 석쇠불고기' 원조집이다. 진하지 않으면서도 담백한 양념은 옛날 맛 그대로. 전국의 유명 돼지불고기 집을 순례하는 분이라면 이곳에 반드시 '발 도장'을 찍어야 한다. 고기면 고기, 채소면 채소 모든 것이 기본에 충실하다.

나라도 흥망성쇠가 있듯, 도시에도 그런 흐름이 있는 것 같다. 뜬금없이 웬 나라와 도시의 흥망성쇠냐 하겠지만, 이 자리에서 행정구역에서는 사라져 버린 도시(2010년 7월 1일 진해시와 함께 창원시에 통합)인 마산에 있는 노포를 소개하려고 하기 때문이다(아직도 마산 사람들은 창원시라 하지 않는다).

마산은 오래된 도시라 많은 이야기들을 품고 있는데, 대표적으로 손꼽히는 것이 통일신라 시대 말 국제적인 문장가로 명성을 떨쳤던 고운 최치원과 관련된 이야기들이다. 그가 해인사로 들어가기 전 마산에 은거하며 제자들을 가르쳤다는 월영대는 경남대학교 앞에 아직 남아 있다. 인근 완월동玩月洞, 반월동半月洞 등 동의 명칭도 모두 월영대에서 기원한다.

마산합포구 반월동의 오래된 노포 '반달집'은 '반월동'이라는 동네 이름에서 만들어진 것이다. 반월동의 '월' 자를 우리

말 '달'로 훈차했다. 1953년도에 개업한 이곳은 마산어시장에서 댓거리(경남대학교 앞)로 넘어가는 길의 중간 정도에 있다. 이 지역 원주민들은 '구마산'이라 부른다.

반달집은 마산에 살던 시절엔 두어 번밖에 못 가봤지만, 마산을 떠난 후엔 마산에 내려갈 때마다 찾는 곳이 되었다. 흔히들 "소중한 것은 곁에 있을 땐 그 가치를 모르다가 막상 곁에서 사라지고 나면 그 가치를 알게 된다"라고 말하는데 이 집이 내겐 딱 그런 셈이다.

얼마 전 업무상 출장으로 마산에 내려가 상경하기 전, 일부러 이 집을 찾아 점심을 먹었다. 평일인 데다 시곗바늘이 막 11시를 지난 시간이라 그리 붐비지 않았지만, 해가 저물고 사람들의 머릿속에 소주잔이 조금씩 떠오르기 시작하는 '술시'(보통 해 떨어지기 시작하는 때를 초빼이들 이렇게 부른다)부터는 대기를 하는 경우가 자주 있다.

이 집의 메뉴는 우직한 경상도 싸나이처럼 단일 메뉴다. 연탄에 초벌구이해서 내는 '돼지 석쇠불고기'가 바로 그것. 내게 돼지고기가 이렇게 맛있을 수도 있다는 걸 처음 알려준 집이다. 매장의 홍보물을 보면 국내 최초로 돼지 석쇠불고기를 만들었다고 하는데 이 부분은 아직 확인해 보지 않아 진위를 가리기에는 무리가 있다. 그러나 내가 고등학교에 다니던 시절, 이 집에서 가족 외식을 했던 기억을 떠올려 보면 그 시절부터 석쇠구이를 했던 오래된 집이라는 건 부인할 수 없다.

돼지고기에서 불고기나 양념구이로 가장 많이 쓰는 부위는 '후지'라고 부르는 뒷다릿살이다. 아무래도 뒷다리는 많이 움직이는 부위이다 보니 근육이 많고 지방이 적어 식감이 조금 뻑뻑하다. 하지만 양념을 해 불에 구우면 굉장히 매력적으로 변하는 부위기도 하다. 반달집의 고기도 후지로 만든 전형적인 돼지불고기의 모습을 보인다.

요즘 고깃집들과 달리 오래된 고깃집들은 양념을 진하게 하지 않고 담백하게 하는 곳이 많다. 재료에 적정한 생기를 주는 정도로 사용하거나, 원재료의 맛만으로는 충족시키지 못하는 2퍼센트의 맛을 끌어올리는 보조적인 수단으로 사용하는 것이다. 반달집 돼지불고기도 노포의 이런 맛을 보여준다. 자극적인 요즘 불고기 맛에 길든 사람은 조금은 밋밋하게 느낄 수도 있다.

잘 달궈진 주철 판에 고기를 올리면 고기 굽는 소리가 바로 나는데 마치 빗소리를 듣는 것 같다. 사방으로 튀는 양념과 기름마저도 너끈히 인내할 수 있는 너그러움이 생긴다. 집게를 든 손이 무언가에 쫓기듯 주철 판 위에서 바삐 움직인다. 조금씩 고기에 불기가 스며들고 연탄불로 입힌 불향이 피어오르면, 젓가락 집어 들 시간도 아까워 집게로 한 움큼의 고기를 집어 입에 넣는다.

일단 순수한 불고기로만 한 입, 그리고 상추를 손 위에 펴고 고기와 새우젓을 올리고 또 한 입. 차를 가지고 온 출장이라 소주 한 잔 못 하는 것이 이리 아쉬울 줄이야. 다시 고기 몇 점을 입안으로 밀어 넣으니 기억 속 저편으로 묻어두었던 상념들이 떠오른다. 고등학교 시절 인근 대학교 앞 시장통 떡볶이집에서 소주를 나눠 마시던 옛 친구들의 얼굴도 "무학소주 회장의 딸(우리와 비슷한 연배다)은 소주는 공짜로 원 없이 마시겠지"라며 시답잖은 농담에 함께 웃던 친구들과의 그 시간이 아련하다. 어느덧 시간은 흘렀고, 예전처럼 무작정 만나 소주 한잔 나눌 수 있는 시간은 다시 올 수 없을 것 같다. 수없이 많이 변하는 것들 속에서도 여전히 굳건하게 자리를 지키며 변하지 않은 것이 있으니 바로 이 집의 석쇠불고기 맛이다. 십 년이면 강산도 변한다는데, 맛은 변하지 않는다고나 할까.

내가 좋은 고깃집으로 꼽는 기준 몇 가지가 있다. 첫 번째로 좋은 고기를 쓰는 곳이어야 한다. 좋은 고기에는 사람들의 입이 금세 반응한다. 두 번째로는 찬이다. 저가의 싸구려 중국산 김치를 내놓는 집이라면 일단 고민해 볼 필요가 있다는 게 내 생각이다. 중국산 김치도 맛있는 것이 많은데 싼 것만 찾으려고 하니 엉망인 걸 내놓는 것이다. 요즘은 정말 찾기 힘들지만, 찬모(주방에서 반찬만 전문으로 만드시는 분)를 별도로 고용한 집이라면 믿음지수는 확 올라간다. 세 번째는, 고깃집이라면 기본으로 나오는 마늘과 새우젓. 마늘을 꼭지까지 잘 다듬어서 내는 곳은 좋은 집일 가능성이 크다. 그만큼 식재료 관리를 중요하게 생각한다는 의미이기 때문이다(식당에서 마늘 다듬는 일이 얼마나 손이 많이 가고 시간을 필요로 하는 일인지 하루라도 일해 본 사람은 안다). 새우젓도 좋은 품질의 제품을 쓰는 곳이라면 대체로 괜찮다. 그만큼 신경 쓴다는 의미이기 때문이다. 마지막으로는 여름철 상추인데, 내 경우에는 상추 인심을 보는 편이다. 채소가 많이 나오는 여름은 여러 가지 변수가 많다. 날이 뜨거우면 상추가 녹아버려 가격이 오르고 비가 쏟아져도 상추가 물러져 가격이 오른다. 물론 앞의 기준들이 절대적인 것은 아니지만, 그래도 저 기준을 충족시키는 집들에서는 실패하는 경우가 많지 않았다. 반달집은 이런 기준에 한치의 어긋남도 없다.

석쇠불고기 2인분을 해치우고, 된장찌개까지 추가로 주문해 바닥을 확인한 후 자리에서 일어선다. 맛있게 석쇠불고기를 먹었으나 만족스럽지 못하다. 반주에 대한 아쉬움이 커서 그런 것 같다. 집으로 돌아가면 언제 또 반달집의 고기를 먹게 되려나 하는 아쉬움에 한숨이 나온다.

경남 진주

천황식당

1915년 개업한 노포 중의 노포
꽃보다 아름다운 진주비빔밥의 품격
육회와 나물들이 어울려 빚어내는 식감과 맛의 향연

주소 경남 진주시 촉석로207번길 3
전화번호 055-741-2646

진주대첩의 애환이 서린 진주비빔밥을 내는 노포. 밥그릇을 받자마자 밥상 위에 한 떨기 꽃이 피었다. 비빔밥 한 그릇에 마음이 찡하고 감동하게 될 줄이야. 비빔밥이 다다를 수 있는 극강의 맛을 볼 수 있어 행복했다.

음식점의 역사가 100년을 넘는다는 것은 쉽지 않은 일이다. 우리나라는 외식업의 본격적인 시작을 한국전쟁 이후로 간주하는데, 이보다 이른 일제 강점기에 운영을 시작한 곳이 아직도 영업을 지속한다는 것은 정말 희귀한 경우다. 유럽이나 일본, 중국의 경우 일찍부터 상업이 발달해 100~200년 역사를 가진 곳을 많이 찾아볼 수 있지만, 우리와는 전혀 다른 여건과 환경을 가지고 있으니 단순 비교는 큰 의미가 없는 듯하다.

1915년에 개업해 전국의 노포 중 가장 오래된 집으로 꼽히는 곳을 얼마 전 방문했다. 진주 촉석루에서 조금 떨어진 진주 중앙시장에 자리 잡은 이 집은 매장 건물이 굉장히 독특한 형태로 지어져 있다. 일반 가정집의 지붕이라고 보기엔 어려운 지붕이 올려진 건물이라 근처에만 가도 쉽게 눈에 띈다. 바로 천황식당이다. 1915년에 개업했다는 건 자체 기록이고 공식적인 영업 허가가 난 건 1927년이다.

처음 이 집의 건물을 보았을 때 그 외형 때문에 일본식 건물이 아닌가 하는 의문도 들었는데, '천황'이라 붙은 상호도 그런 오해를 더 증폭시키기도 했다. 게다가 일제 강점기 때 문을 열었으니 충분히 오해할 만했다.

원래 이 집 이름은 '천안식당'이었다고 하는데, 2대 사장님께서 '진주는 봉황이 살던 곳'이라는 데서 착안, 상호를 '천황天凰'으로 변경했다는 설명을 보고 오해가 말끔히 사라졌다. 아무렴 논개와 진주대첩의 고장에서 설마 일왕을 일컫는 호칭을 상호로 썼을까.

이 집은 오전 9시까지는 선지해장국과 콩나물국밥을 판매한다. 원래 가게가 있는 곳이 진주의 오래된 나무장 거리였는데, 이른 아침 시장으로 나서는 사람들에게 따뜻한 국밥 한 그릇 말아 내던 것이 오랜 전통으로 굳어 온 것이다. 게다가 여전히 가격은 4,000이다. 서울의 유명한 해장국 집인 청진옥도 이곳처럼 나무장 거리에 있던 국밥집이었다. 국밥을 맛보고 싶었지만, 시간을 맞추지 못해 천황식당에서 가장 유명한 '육회비빔밥(진주비빔밥)'을 주문했다.

진주비빔밥은 굉장히 재미있는 스토리가 숨어 있는 음식이다. 임진왜란 당시 일본군은 제1차 진주성 전투(진주대첩)에서의 치욕을 갚기 위해 명나라와 강화 협상 중 도요토미 히데요시의 명에 따라 진주성에 병력을 집결, 2차 총공세를 펼친다. 대구 지역의 주둔 병력까지 차출해 진주성을 포위했는데 조선의 수비군과 의병들의 지원에도 불구하고 병력의 차이가 확연할 정도로 총력을 기울였다.

이런 상황에서 마지막 전투 전, 진주성에서 항전 중이던 병사와 백성들은 성내의 모든 소를 잡아 육회와 국을 만들어 마지막 만찬을 즐기게 된다. 조리할 시간이 넉넉지 않으니 소를 잡아 그대로 생으로 썰고, 나머지 소고기를 물에 끓여 탕으로 만들었다. 그릇도 부족해 갖가지 채소를 한데 담아 먹어야 했는데 여기서 진주비빔밥이 유래했다고 한다. 제2차 진주성 전투에서 성내의 모든 사람들이 전사했다고 하니 진주비빔밥이 왜군에게 항전하던 백성과 병사들의 마지막 만찬이었던 셈이다.

죽음을 눈앞에 두고 먹었던 음식이었으니 재료를 아끼지 않았을 것이고, 성 밖을 에워싼 수만의 왜병들에게 이 땅에서 나는 쌀 한 톨도 빼앗길 생각을 하지 않았을 것이다. 병사들과 백성들은 푸짐한 한 끼 식사로 성 밖에 도사리고 있는 죽음에 대한 두려움을 이겨내야 했다.

이런 서사가 깃든 천황식당의 비빔밥은 사람의 오감을 자극하는 기가 막힌 음식이 되었다. 호박과 고사리, 무 등의 채소들과 돌김 그리고 육회를 올린 후 그 위에 고추장 한 숟가락으로 방점을 찍는다. 화선지에 수묵 채색화를 그리듯 투박한 스테인리스 그릇에 화사한 꽃 한 송이를 그려내며 시각적 화사함을 선사한다. 여기에 고추장 위 살짝 끼얹은 참기름 한 숟가락은 잔뜩 굳어있는 후각마저 스르륵 허물어 버린다.

단출하지만 깔끔한, 재료의 식감을 잘 살려 볶은 나물들은 저작의 행복이 무엇인지 느낄 수 있게 해준다. 마지막으로 이 모두를 한 데 섞을 때 숟가락과 그릇이 부딪히며 내는 소리까지 더해지면 이미 입안은 침이 고여 숨쉬기도 힘들 지경이 된다.

이처럼 시각, 후각, 미각, 촉각, 청각 등 인간의 모든 감각을 자극할 수 있는 음식을 또 어디에서 찾을 수 있을까. 사람들이 진주비빔밥을 화반花飯 또는 칠보화반七寶花飯 이라고 부르며 시각적인 아름다움만을 높이 사지만, 내게는 시각뿐만 아니라 모든 감각을 자극하는 음식으로 다가온다.

비빔밥의 외향에서 시각적 만족감을 채우며 시작한 식사는 신선한 육회가 입속을 맴돌며 선사하는 부드러운 식감이 함께 씹히는 나물들의 이질적이고 다채로운 식감과 대비를 이루며 클라이맥스로 치닫는다. 매콤달콤한 고추장은 또 한 번의 대비로 그 쾌감의 강도를 더욱더 높이고, 향긋한 참기름 향이 뒤이어 치고 나오며 비로소 극에 다른 맛의 절정을 선사한다. 절정에 다다른 흥분을 조금 더 지속시키기 위해 따뜻한 경상도식 소고깃국 한 모금으로 칼칼함을 덧붙여 더 거세게 몰아붙인다.

어쩌면 이 집 비빔밥은 오감을 자극하는 음식이자 파괴의 미학이 정점을 이룬 음식일지도 모르겠다. 화려한 오색 꽃 한 송이를 수저로 휘휘 저어 흩트리고 부숴버린 후 고추장과 참기름이라는 촉매제로 다시 조합했을 때 비로소 참다운 맛을 알 수 있는 그런 음식. 철저한 파괴 행위 이후에야 새롭게 맛을 내놓고 그것을 온전히 느낄 수 있는 그런 음식인 듯하다.

비빔밥 한 그릇 먹으며 참 많은 생각을 한다 싶다. 이쁜 것을 보면 이쁘다 감탄하고, 맛있는 음식을 보면 맛있게 먹으면 될 텐데 말이다. 어쨌든 이 집의 비빔밥은 다른 지역에서는 경험할 수 없는 독특함이 있다. 전주의 육회비빔밥에 비해 조금 소박한 면이 있지만, 개인적으로는 진주비빔밥에 손이 더 가는 느낌이다. 3대 비빔밥이라는 해주의 비빔밥도 맛보고 싶은 욕심도 생긴다. 언젠가 진주, 전주 그리고 해주의 비빔밥을 한 데 올려놓고 맛보며 비교해 보는 날도 오겠지. 천황식당이 잘 운영되어 더 긴 역사를 자랑할 수 있는 식당이 되었으면 하는 바람이다. 훗날 '2백 년 역사의 식당'이라는 제목으로 누군가의 글에 다시 오르길 기원한다.

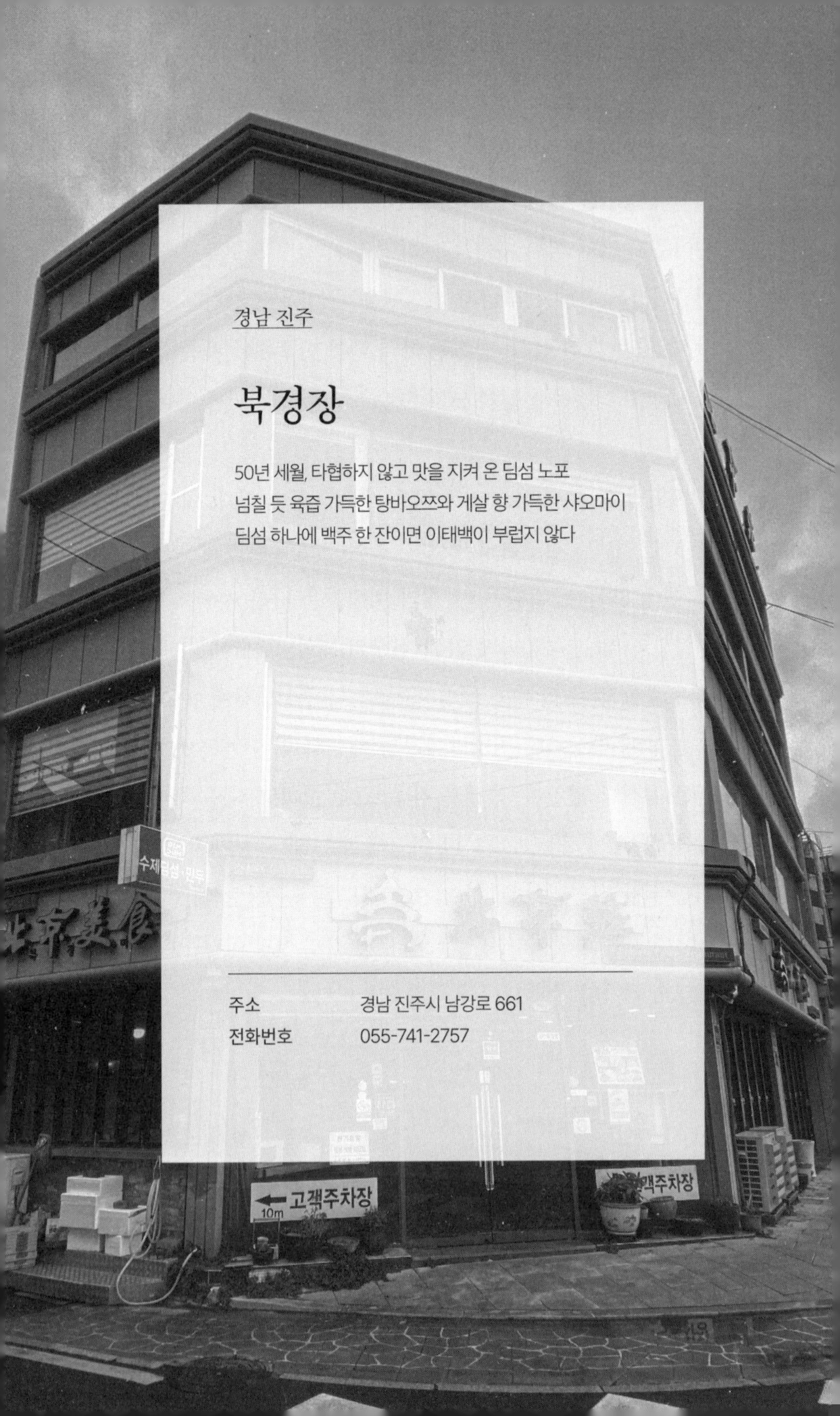

경남 진주

북경장

50년 세월, 타협하지 않고 맛을 지켜 온 딤섬 노포
넘칠 듯 육즙 가득한 탕바오쯔와 게살 향 가득한 샤오마이
딤섬 하나에 백주 한 잔이면 이태백이 부럽지 않다

주소	경남 진주시 남강로 661
전화번호	055-741-2757

뜻하지 않게 만나게 된 진주성 앞 딤섬 전문 노포. 1956년부터 딤섬을 만들어 왔다고 해 의외라 찾았는데, 그 맛 또한 의외였다. 오랜 노포의 단아한 꽃과 같은 딤섬에 마음을 빼앗기지 않을 수 없었다.

점심. 한자로는 '점찍을 점點' 자와 '마음 심心' 자를 쓴다. '마음에 작은 점 하나 찍는다'라는 뜻이다. 우리에게는 아침과 저녁 사이의 끼니지만, 중국식 의미로는 점심나절에 간단히 먹는 음식 모두를 뜻한다. 중국어로 하면 딤섬이 된다. 딤섬은 중국의 남부지방 특히 광둥이나 저장성 그리고 상하이 지역의 사람들이 아침 식사와 저녁 식사 사이에 먹는 간단한 음식을 부르는 말이다.

우리나라 사람들은 주로 홍콩이나 상하이 등을 여행하며 딤섬을 접한다. 홍콩의 유명 딤섬 집은 많은 한국인들이 찾고 있는 관광명소라고 하는데 나는 아직 홍콩을 여행하지 못했고, 상하이는 여행과 출장으로 자주 다닌 편이라 첫 딤섬은 상하이에서 먹어보았다. 대만계 프랜차이즈인 딘타이펑에서 상하이식 딤섬을, 상하이의 유명 광둥 요릿집에서 광둥식 딤섬을 맛보며 마음에 점을 찍었다.

어느 날 문득 오랜 첫사랑의 기억처럼 딤섬이 불현듯 떠올랐고, 진주에 있는 딤섬을 전문으로 하는 노포 중식당의 소문을 듣게 됐다. 굉장히 오랜 시간 동안 진주 사람들을 위해 딤섬을 만들어 온 집이라니 꼭 찾아가 보고 싶은 마음이 생겼다. 딤섬 전문의 중식당 노포라니, 게다가 진주에 있다니 찾지 않을 이유가 없었다. 바로 '북경장'이다. 진주성 근처에 자리 잡고 있는 이곳은 1956년부터 진주에서 딤섬을 만들어 왔다.

손님이 북적이는 시간을 피해 점심시간을 조금 지나 북경장을 찾았다. 진주성 근처에 눈에 띄는 하늘색 건물이 있는데, 이곳이 북경장이 있는 빌딩이다. 문을 열고 들어서니 높게 쌓은 대나무 찜기와 중국식 청화 자기로 만든 관우상이 객을 반긴다. 일본의 가게를 찾으면 입구에서 항상 마네키네코를 볼 수 있듯, 중국인이 운영하는 가게를 찾으면 가장 많이 볼 수 있는 것이 관우상이다. 관우상은 행운과 재물을 불러들인다고 해 중국인들은 가게 앞에 관우상을 모신다.

때마침 직원들의 식사 시간이라 자리를 정하지 못하고 이리저리 두리번거리고 있는데, 사장님께서 직접 안내해 주신다. 처음 방문해 어떻게 주문해야 할지 몰라 사장님께 여쭈니 서너 가지 딤섬을 추천해 주신다. 고른 것은 우리가 잘 아는 소룡포와 비슷한 '육즙 탕바오'와 '게살 샤오마이(쇼마이)'.

아쉬웠던 건 이 집을 마지막으로 진주에서의 일정을 마치고 청주로 넘어가야 해 백주 한 병을 주문하지 못했다는 것.

투박한 맥주잔에 담긴 재스민 차를 마시고 있으니 기본 찬부터 내주신다. 단무지와 양파는 여느 중국집에서나 볼 수 있지만, 초간장에 생강 채를 올린 장은 딤섬 집에만 있다. 우리나라에서는 식초와 간장을 적정 비율로 혼합하여 만들지만 중국에서는 발효시킨 흑초를 내준다. 간장보다는 짠맛이 덜하고 시큼한 맛과 독특한 향이 강한데, 딤섬이나 만두, 그리고 마라탕을 먹을 때 굉장히 좋다. 여기에 가늘게 채를 썬 생강을 더하면 굉장히 깊은 향과 맛을 내는 장이 된다.

생강 향이 슬며시 테이블 위로 한 발 내딛는가 했는데, 곧 뜨거운 김을 토해내는 찜기가 테이블에 올라온다. 딤섬은 맛으로 먹는 음식이지만 눈으로도 먹는 음식이다. 먼저 겹겹이 쌓인 딤섬 찜기에서 시각적 즐거움을 얻을 수 있고, 딤섬의 외향과 색상에서 두 번째 즐거움을, 그리고 맛에서 세 번째 즐거움을 얻을 수 있다.

포개진 찜기를 하나씩 내려놓고 찜기 속의 딤섬을 바라본다. 화려한 색감과 비주얼을 만들어 내기 위해 부단히 움직인 요리사의 정성 어린 손길이 미세한 주름 하나하나에 모두 스며들어 있는 것 같다. 어느새 나도 모르게 내 손에는 중국식 수저와 젓가락이 들려져 있다.

먼저 탕바오. '湯包'라는 한자에서 알 수 있듯 국물이 가득한 만두다. 국이나 국물을 의미하는 끓일 '탕' 자와 무언가를 담는 용기를 뜻하는 쌀 '포'(아마도 '바오쯔包子'에서 온 듯하다)라는 단어가 결합해 '국물(육즙)을 담은(많은) 만두'가 됐다. 우리에게 익숙한 샤오롱바오小籠包도 국물이 많은 만두이니 탕바오 계열에 포함될 것이다. 대나무 찜기를 중국에서는 소롱小籠(샤오롱)이라 부른다는데, 이 샤오롱에 만두를 쪄서 내는 것이 샤오롱바오다.

수저에 탕바오 하나를 올리고 만두피에 구멍을 낸다. 수저를 넘칠 듯 흘러나오는 육즙과 그 향에 감탄을 금할 수 없다. 성격이 조급하다 보니 수저에 담긴 국물만 마시고 생강 몇 조각을 올려 탕바오 하나를 통째로 입에 넣는다. 조금 두툼한 피의 식감과 만두소의 고기 향을 생강장이 몇십 배 증폭시킨다. 입안에서는 밀가루 전분, 고기와 육즙, 그리고 생강향의 축제가 벌어진다. 어느새 탕바오 네 개가 사라져 버렸다. 잠시 마음을 진정시키고 게살 샤오마이가 담긴 찜기를 앞으로 당긴다.

눈앞에 화사한 꽃과 같은 샤오마이가 보이는데 왜 느닷없이 코가 즐거운 것일까. 바닷가 마을의 소금 내 가득한 공기처럼 은은한 게살 향이 주변으로 퍼지더니 테이블을 점령해 버렸다. 거기에 이끌려 무언가에 홀린듯 샤오마이 하나를 입에 넣는다. 문득 노주노교泸州老窖나 오량액五粮液 같은 짙은 향의 백주가 생각난다. 이 고운 게살향을 기본 베이스로 농향형 백주의 향을 더한다면 이 세상에 나온 적 없는 향수도 만들 수 있지 않을까 하는 뜬금없는 생각도 해본다.

샤오마이 하나를 더 입에 넣는다. 과하지 않으면서도 그 존재감을 당당하게 드러내는 게살향이 입속으로 퍼진다. 내 몸은 맑은 바닷속 어딘가를 거닐고 있는 것 같다. 온몸을 감싸는 짜릿한 전율에 허! 하는 감탄만 나온다. 어떤 수식이 더 필요할까. 진주에서의 출장 일정을 한나절만 둘러보고 가는 것으로 잡은 것이 그렇게 후회될 수가 없다.

진주성 앞, 좋은 딤섬에 작은 요리 하나 곁들여 놓고 백주 한 잔 입안으로 털어 넘기면 월하독작月下獨酌하며 혼술을 즐기던 이태백도 부럽지 않았을 텐데 말이다. 나도 어쩌면 시 한 편 읊었을 수도 있으리라.

딤섬이라는 음식이 우리에겐 흔한 음식은 아니다. 중국인들에게는 매일 먹는 음식이지만 우리에게는 가끔 생각날 때나 특별한 날 찾는 이벤트성 음식의 의미가 좀 더 강한 편이다. 그래서 진주라는 도시에서 이곳을 찾는 사람이 얼마나 될까 하는 생각도 한 것이 사실이고, 그래서 한편으로는 이 집이 더 대단해 보이기도 했다.

오랜 시간을 고집과 열정으로 버텨왔을 터. 이 집은 분명 시간이라는 땅 위에 노력이라는 벽돌을 차곡차곡 쌓아 올려 만들어 온 집일 것이다. 다시 진주에 와야겠다.

광주 금남로

꽃담

3대를 이어온 육회비빔밥 노포
딱 필요한 만큼 감칠맛을 끌어올린 육회의 맛!
새참 광주리 위에 소담하게 올라간 정갈한 반찬들

주소	광주 동구 금남로 193-7
전화번호	062-224-1900

광주의 중심 금남로에서 수십 년 동안 육회비빔밥을 낼 수 있다는 것은 모두가 인정하는 명확한 공감대가 있다는 것. 새참을 받는 듯 광주리에 내는 육회비빔밥에 반하고, 마무리 생강 식혜에 마음을 빼앗기다.

육회는 참으로 야성적인 음식이다. 갓 잡은 소의 고기를 회로 썰어 먹는 음식이다 보니 야성이 깃들 수밖에 없다. 그 기원을 거슬러 올라가면 인류가 불을 다루기 이전, 원시시대에 짐승을 사냥한 후 섭취하는 방식이 지금까지 그대로 전해 내려온 것이라 할 수 있다. 원시시대 사람들은 짐승의 날고기를 먹으며 비타민과 철분 등 인간에게 필요한 영양소를 확보했을 것이다.

사실 육회를 먹는 나라는 그리 많지 않다. 우리와 비슷한 문화권인 중국은 아예 먹지 않는다. 일본의 경우 생선회는 많이 먹지만 육회는 말고기 정도에 그친다. 굳이 비슷한 예를 찾자면 유럽의 육회라 할 수 있는 타타르 스테이크라고 할 수 있는데, 생고기에 소금과 후추, 올리브 오일 등을 뿌리고 계란 노른자를 섞는 방식으로 만든다. 사실 이 타타르 스테이크도 어원을 거슬러 올라가면 옛 몽골의 기마 민족(타타르족)이 생고기를 먹었던 데서 기원한 것이다.

우리나라가 육회를 본격적으로 먹을 수 있기까지는 꽤 오랜 시간을 기다려야 했다. 불교국가였던 고려시대에는 육식 금지령이 내려졌던 시기다. 국교로 정해진 불교의 영향을 받아 모든 가축의 도살이 금지되었다. 이 금지령이 유명무실해진 것이 고려가 몽골의 지배를 받았을 때니, 지금 우리가 먹는 육회 역시 이맘때부터 시작된 것으로 추측된다.

육회는 기본적으로 소의 도축장과 밀접한 관련이 있는 음식이다. 요즘이야 육류를 신선하게 보관할 수 있는 냉장냉동 시설이 발달했지만, 고기의 보관 기술이 부족했던 예전에는 육회를 먹을 수 있는 곳은 우시장이나 도축장 인근의 식당 정도에서나 가능했을 것이다.

전라도 광주는 예전부터 육회를 즐기던 고장이었다. 전라도식 육회는 고추장으로 버무려서 내는데 감칠맛이 좋기로 유명하다. 이는 1960년대 중반 송정리에 있던 광주 우시장의 역할이 컸다. 이곳에서 광주 인근의 농촌지역이던 함평과 담양 등지의 소를 가져와 거래하고 그 자리에서 도축도 했다. 지금은 광주광역시 광산구 송정리지만 예전엔 광산읍 송정리였다. 지금도 송정리에는 '우전께' 마을이 남아 있는데 여기가 옛 광주 우시장이 있던 자리다.

신선하게 공급되는 생고기에 전국이 인정하는 전라도 특

유의 손맛이 더해졌으니 어찌 맛이 없을까. 광주는 신고 있던 신발도 '아줌'들이 양념치고 요리하면 천상의 음식으로 재탄생할 수 있는 곳이지 않은가?

금남로 4가에 있는 '꽃담'은 1958년부터 3대를 이어 운영해 오고 있는 광주의 노포다. 중간중간 상호를 바꾸긴 했지만 지금 자리에서 20년 넘게 운영 중이다. 사람으로 치면 이미 환갑이 넘은 나이. 이 오랜 시간 동안 영업 왔다는 건 사람들을 끌어들이는 무언가가 있다는 뜻이다.

이 집에서 가장 유명한 음식은 육회와 육회비빔밥이다. 워낙 유명한 곳이라 11시 30분경에 도착했는데도 단 한 좌석만 남아 있었다. 머리가 희끗희끗한 어르신들부터 젊은 이삼십 대까지 연령층이 다양했는데, 이는 몇 세대의 입맛을 아우르는 음식을 낸다는 뜻이리라. 이런 모습이 내가 꿈꾸는 가장 이상적인 노포의 모습이라 할 수 있다. 세대에서 세대를 이어 맛의 기억을 전달해 나가는 '맛의 대물림' 과정이 일어나는 곳, 그러기 위해서는 음식의 재료뿐만 아니라 그들만의 무기로 삼을 수 있는 고유의 맛도 어우러져야 한다. 그리고 그것을 잘 지켜 전승해야 한다.

'돌솥육회비빔밥'이나 '육회비빔밥'을 주문하면 광주리에 담긴 찬이 먼저 나온다. 꼬꼬마 시절 어른들을 따라 논에 나가 구경만 했던 새참을 받는 느낌이다. 반찬으로 나오는 보쌈 고기도 잘 삶아졌고 매일 무친다는 굴젓 향 가득한 겉절이도 예사롭지 않다.

처음 손이 간 찬은 참나물무침이었는데, 참나물의 향과 맛이 너무 그윽하여 한 번에 반해버렸다. 땡초를 다져 올린 톳과 아삭한 식감이 예술이었던 연근, 그리고 이 집만의 내공이 가득 담긴 전라도식 김치 한 조각은 잊지 못할 감동이었다. 본 음식이 나오기 전 맛본 반찬에 이미 마음을 진정시키지 못했다.

반찬으로 나온 보쌈과 함께 나온 육회를 앞에 두고 낮부터 술을 즐기시는 어르신들이 꽤 많이 보였다. 이분들에게는 이것이 일상이겠지. 너무나 평온하고 행복해 보여 질투까지 살짝 나는 것은 멀리서 찾아온 객의 작은 시샘이라고 치부한다.

육회비빔밥을 주문하면 육회는 작은 접시에 별도로 나온다. 고추장 양념이 되어 고운 붉은색을 띠고 있지만, 막상 입에 넣으면 양념 맛은 거의 느껴지지 않는다. 있는 듯 없는 듯 아련한 존재감만 맴도는 감칠맛과 순수한 생고기의 질감만이 혀끝에서 느껴질 뿐이다.

굉장히 재밌는 경험이다. 양념을 한 것이 눈에 뻔히 보이는데 양념 맛을 거의 느끼지 못하는 육회라니! 딱 필요한 만큼의 양념으로 소고기에 숨어있는 감칠맛을 확 끌어올렸다.

마치 스포이트로 찔러 필요한 만큼의 감칠맛을 추출한 듯한 느낌이랄까. 굉장히 질 좋은 고기라는 것은 굳이 말을 꺼내지 않아도 될 듯하다. 이건 누구라도 딱 한 젓가락만 맛보아도 알 수 있다.

돌솥육회비빔밥도 나쁘지 않지만 돌솥의 뜨거운 열이 육회를 살짝 익혀버려 식감이 조금 떨어지는 것 같다. 이 부분은 개인의 호불호일 것이다. 육회 본연의 맛과 식감을 좋아하는 분이라면 그냥 육회비빔밥을 추천한다.

식사가 끝날 즈음, 이모님 한 분이 스윽 나타나서 테이블에 식혜 한 그릇을 놓고 사라진다. 이 집 음식의 대미는 식혜가 장식한다. 좀처럼 맛보기 힘든 생강 식혜인데, 살짝 매콤한 생강 맛과 향을 품은 이 발칙한 음료는 입안에 남아 있던 어수선함을 한 번에 몰아내 버린다. 반드시 맛보아야 할 이 집의 진미 중 하나. 못 마시고 가면 땅을 치고 후회할 후식이다.

오래된 식당이라 물그릇 하나하나, 반찬 접시 하나하나에 오롯이 남은 시간의 흔적을 찾아보는 것도 이 집에서의 또 하나의 재미다. 광주를 찾았다면 꼭 드셔보시라 추천하고 싶은 집. 그리고 낮술 하기 좋은 집이기도 하다.

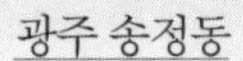

서울곱창

간장 양념해 직화로 구운 통 곱창
단맛과 짠맛의 완벽 밸런스, 여기에 불향까지
대한민국 최고의 전라도식 돼지 곱창집

주소	광주 광산구 송정로15번길 71
전화번호	062-944-1135

세상에서 가장 맛있는 곱창 요리집을 꼽으라고 한다면 나는 주저 없이 이 집을 가장 먼저 선택할 것이다. 이곳의 돼지 곱창은 지금까지 먹었던 돼지 곱창과는 전혀 다른 차원의 경험과 감동을 안겨주었다.

우리나라 전체 인구의 40퍼센트 이상이 수도권에 집중된 지금, 각 지역을 대표하는 향토 음식들은 웬만하면 서울·경기 지역에 다 있다고 보면 된다. 맛집 고수들조차 가장 맛있는 집을 꼽으라면 서울에 있는 집의 손을 드는 경우가 자주 있다. 내 고향 마산의 대표 음식인 아귀찜도 가장 맛있는 곳으로 기억되는 식당은 종로와 신사동의 아구찜 전문점들이니 더 이상 어떤 말이 필요할까. 수도권 집중, 지방 공동화 현상에 대한 우려의 목소리가 크지만, 향토 음식마저도 수도권에 집중되는 것을 보면 전국 노포를 찾아다니는 내 입장에서는 씁쓸함을 느끼지 않을 수 없다.

그럼에도 지역을 꿋꿋하게 지키며 전국구의 명성을 얻고 있는 집들을 보면 그 든든함과 우직함에 힘찬 응원을 보내게 된다. 광주 송정리에 있는 '서울곱창' 역시 그런 집이다. 이 집은 전국의 곱창집, 그 중에서 돼지 곱창집 중 내가 가장 사랑하는 곳이다. 그리고 감히 전국 최고라 해도 조금도 모자람이 없는 집이다. 광주시에서 인정하는 광주에서 가장 오래된 식당인 이곳은 1956년도에 개업했다. 광주광역시 광산구 송정리의 송정5일시장 입구에 자리하고 있지만, 이름은 '서울곱창'이다.

어릴 적 내게 송정리는 외가인 나주에서 광주에 가기 위해 반드시 거쳐야 하는 중간지점이었다. 그러던 곳이 KTX 광주송정역이 생기며 광주시 광산구에 편입되어 버렸다. 바꿔 말하면 송정리 서울곱창은 예전에 비해 너무나 찾기 쉬운 곳이 되었다는 의미이다. KTX 광주송정역 바로 맞은편의 '광주 송정역 시장'과는 다른 시장인 '송정5일시장'(KTX 역에서 도보로 7~8분) 입구에 있다.

문을 열고 들어서자마자 간장 양념이 불에 졸여지는 특유의 향이 손님을 맞이한다. 어려서부터 소 곱창보다는 돼지 곱창을 진심으로 좋아했던 나는 나름 진정한 돼지 곱창 애호가라고 자부하는데, 이 집을 감히 대한민국 최고의 돼지 곱창집으로 꼽는데 주저하지 않는다.

곱창구이를 주문하면 검은색의 무언가가 가득 담긴 접시가 나온다. 처음 보는 사람들은 그 비주얼에 긴장하기도 한다. 이 집의 가장 큰 특징은 '직화'와 '간장 양념', 그리고 '통곱창'이다. 간장 양념을 바른 곱창을 석쇠에 올려 직화로 구워내는 것이다. 간장 양념이 강한 불과 만나 만들어 내는 불향과 풍미는 도저히 뭐라 표현할 방법이 없다. 단맛과 짠맛의 꽉 찬 밸런스가 완벽에 가깝고, 거기에 그을린 듯 불향이 가미되어 후각과 미각을 동시에 자극하는 4차원적인 맛이다. 이런 음식엔 소주가 필수! 어느 음식 칼럼니스트는 "이 집의 곱창은 희석식 소주가 제대로 어울리는 그런 맛"이라고 표현했다. 곱창 한 점을 넣으면 쓰디쓴 소주의 맛이 금세 달디단 꿀맛으로 변하는 마법을 경험할 수 있다. 부산에 돼지국밥이 있다면 광주엔 돼지 곱창이 있다고 자신 있게 말할 수 있을 정도다.

혼자 지방 출장을 가는 경우에는 과음을 잘하지 않는 편인데 이 집은 올 때마다 혼술을, 그것도 과음을 하게 만든다. 앉은 자리에서 소주를 두 병씩이나 비우곤 하는데 곱창구이 한 접시를 주문해 먹다 보면 소주 한 병이 이미 바닥을 보이고 있고, 남은 곱창이 아쉬워 또 한 병을 주문하면 이번엔 곱창이 모자라 추가 주문하는, 뫼비우스의 띠처럼 무한 반복하게 되는 것이다. 국민의 간 건강을 걱정하는 내과 의사들이 이 가게 앞에 모여 가게 폐쇄 촉구 시위라도 해야 하지 않을까 하는 황당한 상상도 해본다.

이 집의 또 다른 별미는 '새끼보 구이'. 새끼보는 어린 돼지의 자궁을 일컫는데, 그 쫄깃쫄깃한 식감이 예사롭지 않다.

곱창구이와 같은 양념을 써서 똑같은 방식으로 구워내는데 이 음식도 별미 중의 별미다. 그런데 음식의 이름과 부위에서 오는 부담 때문에 사람마다 호불호가 좀 나뉘기도 한다. 그래서 모두에게 추천하고 싶은 건 '암뽕순대'다. 암뽕순대는 '피순대' 또는 '대창 순대'라고 부르기도 한다. 이 집 암뽕순대도 압권이다. 좋은 재료를 사용해 잡냄새가 하나도 없고 콩나물과 파, 선지 등 순대 속을 아끼지 않아 그 맛과 식감이 풍성하기 그지 없다. 이렇게 매력적인 집을 어떻게 그냥 지나칠 수 있으랴.

혼자 구석 자리에 앉아 소주잔을 기울인다. 힐끔힐끔 몰래 쳐다보는 눈길이 느껴지기 시작한다. 점점 소주 맛이 물맛처럼 변해간다. 시간이 더 흐르고 좋은 곱창과 술에 집중하다 보니 주변의 시선을 괘념치 않게 된다. 외갓집에 들를 때마다 느꼈던 나긋나긋한 전라도 사투리마저 배경음악처럼 들리며 이곳의 풍경에 동화되기 시작한다. 이제서야 '내가 이 집을 어떻게 알게 되었을까?' 하는 생각이 들었지만, 혈관을 타고 뇌를 잠식해 버린 술기운에 금세 사라져 버렸다. 아무렴 어떠랴. 서울곱창은 이곳 송정리에 계속 있을 테고 나도 계속 찾아오면 그만이지.

이 집만은 〈초빼이의 노포일기〉에 꼭 싣고 싶어 일부러 광주까지 내려와 이 집에 들렀다. 그때 뒤늦게야 알게 된 건 이 집의 된장과 깍두기도 정말 기가 막히다는 것. 기본으로 주는 칼칼한 돼지국밥 국물 등을 맛보면 주인장의 손맛이 굉장히 좋다는 걸 금방 알 수 있다. 게다가 양파와 고추마저도 너무나 싱싱하다. 이 집은 모든 게 다 좋은, 그런 집이다.

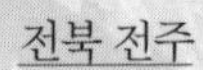

삼백집 본점

콩나물만으로 이토록 깊고 담백한 맛을 내다니!
하루에 3백 그릇만 팔며 퀄리티를 지키겠다는 철학의 반영
우리 노포가 목적지로 삼아야 할 바로 그곳

주소 전북 전주시 완산구 전주객사2길 22
전화번호 063-284-2227

삼백 그릇이라는 말에 담긴 창업자의 고집, 콩나물국밥의 정성에 초빼이도 반해 버렸다. 3대를 이어가는 콩나물국밥 한 그릇에 모주 한 잔은 선택이 아닌 필수! 삼백집에서 노포의 역할을 보고, 노포의 미래를 가늠한다.

우리나라에는 각 지역을 대표하는 국밥이 있다. 서울의 설렁탕, 부산의 돼지국밥, 제주의 몸국 등이 그것이다. 이처럼 다양한 국밥들 중에서 맑은 국물과 깔끔하고 고급스러운 맛으로 전라도를 대표하는 국밥을 꼽으라면 전주의 콩나물국밥일 것이다. 나 역시 전주를 찾을 때면 한 끼는 꼭 콩나물국밥을 챙겨 먹는다. 전주의 수많은 콩나물국밥집 중에서도 가장 즐겨 찾는 집은 바로 '삼백집'이다.

삼백집은 전주 남부시장의 현대옥과 함께 콩나물국밥 계의 양대 산맥으로 손꼽힌다. 두 곳 중 어느 집을 선택하느냐는 개인의 취향일 것이다.

두 집의 국밥에는 약간의 차이가 있다. 삼백집의 콩나물국밥은 현대옥의 그것과는 달리 김치를 넣지 않아 굉장히 담백한 편이다. 육수와 콩나물만으로 어떻게 이렇게 깊고 담백한 맛을 낼 수 있는지 먹을 때마다 감탄하게 된다. 음식을 만들 때 다양하고 값비싼 재료가 있어야 깊은 맛을 낼 수 있다고 생각하기 쉬운데, 이 집 국밥은 이런 상식을 과감히 깬다. 게다가 예전 방식 그대로 토렴한 상태로 나와 허기진 배를 급하게 달래거나 전날 과음한 속을 재빨리 달래는 데 더할 나위 없이 좋다.

토렴은 아주 오래전 국밥을 만들던 방식이다. 음식 보관 기술이 지금처럼 발달하지 못했던 옛날에는 밥을 하면 금세 식었다. 밥이 식으면 딱딱하게 굳다가 상하는 것이 일반적인 순서인데 토렴을 하면 따뜻한 국과 밥을 먹을 수 있었다. 밥이 든 그릇에 뜨거운 국물을 부었다 뺐다 하는 식으로 토렴을 하면 뜨거운 국물에 굳었던 밥이 풀려 먹기 좋은 상태가 되고, 국물도 차가운 밥에 온도를 빼앗겨 바로 먹을 수 있는 수준으로 식게 된다. 보통 75도에서 80도 사이의 온도가 되는데, 이 온도의 국물은 입에 넣어도 화상을 입지 않는다고 한다.

전주에서 하룻밤 머물게 되면 전날 술을 많이 마신 후 다음 날 아침 해장 삼아 콩나물국밥집을 찾는다. 그런데 삼백집에 들어가면 아침부터 많은 분들이 콩나물국밥을 먹으며 모주를 함께 마시는 광경을 보게 된다. 이른 아침 눈을 뜨며 '오늘은 절대 술 안 마셔야지'라고 다짐하던 마음은 그냥 다짐으로 끝나버린다. 국밥을 주문하며 자연스레 모주도 청하게 된다. 해장술이라는 것이 술로 술을 깨는 것이 아닌, 전날 과음으로 불편한 속을 해장술로 망각하게 만드는 것인데, 이 집의 모주가 그 역할을 제대로 한다. 취하지는 않지만 나름 약간의 술기운을 느끼게 하는 수준이다. 해장국으로 술 깨러 갔다가 아침부터 알딸딸하게 취해 나오게 된다.

삼백집이라는 이름은 창업주가 '하루에 딱 3백 그릇만 팔겠다'는 운영 철학을 지키며 만든 이름이다. 3백 그릇으로 한정 지은 건 당시(1947년)의 영업 여건상 그 이상은 만들고 팔기가 어려웠기 때문이다. 음식의 퀄리티를 유지할 수 없다는 판단 때문이기도 했다. 하지만 지금은 전국을 아우르는 해장국 집으로 알려진 상태라 하루 3백 그릇 이상 만들고 판다. 음식의 조리 및 저장 기술이 발달한 지금은 그 이상의 양도 충분히 소화할 수 있다.

삼백집은 노포의 사회적, 인문학적 가치에 대해 고민하고 있는 내게 영감을 준 집이다. 우리 주위에는 오랜 시간을 견디며 영업을 해 오고 있는 가게들이 많다. 하지만 그들 모두가 노포로 성장하는 건 아니다. 자리만 지키며 유지하는 데만 급급한 집들에게 '노포'라는 명칭을 붙일 수는 없지는 않은가.

삼백집은 다른 가게들과 확연히 다른 모습을 보인다. 첫 번째는 상호에 스토리를 부여해 한정품(또는 귀한 음식)의 이미지를 결합했다. 여기에 박정희 대통령과 관련된 일화를 곁들이며 대통령이 먹는 음식이라는 이미지도 더했다. 스토리텔

링을 통해 브랜드 이미지를 공고하게 구축하는 데 성공한 것이다.

두 번째는 노포답지 않은 철저한 위생 관념으로 깨끗한 매장을 만들어 유지하고 있다는 것이다. 많은 노포들에서 공통적으로 찾을 수 있는 특징 중 하나가 부족한 위생 관념이다. 노포에 가면 음식은 맛있는데, 음식을 먹는 공간이나 주방, 화장실 등이 비위생적인 곳을 마주칠 때가 많다. 조금은 나이대가 있는 손님들은 그러려니 하고 넘기지만 젊은 세대들에게는 이런 부분들이 노포를 찾는데 가장 큰 걸림돌이 된다. 점포의 지속성과 영속성을 확보하기 위해서는 젊은 세대도 충분히 공감하고 즐길 수 있는 환경을 만들어야 하는데 삼백집은 이 점을 잘 짚어냈다.

세 번째는 전통의 계승이다. 흔히들 전통을 변하지 않는 고정된 것으로 착각하는 분들이 있는데, 전통은 사실 당대의 생활상과 이념을 모두 받아들여 반영하고 끊임없이 진화하는 생명체 같은 것이다. 삼백집은 과감히 예전 건물을 헐면서 공간적인 제약을 덜어냈다. 오직 음식에만 오롯이 집중하기 위한 것이다. 이런 외형적인 변화를 시도하면서도 과거와의 완전한 단절이 아닌, 스토리텔링을 통해 계승하고 있는 모습을 보여주며 역사적 정통성까지 확보했다. 본점 내부에 전시된 옛 삼백집의 간판이 대표적인 사례다.

마지막으로 삼백집은 노포의 사회적 기능을 극대화하고

있는 모습을 보여준다. 여느 오래된 도시와 마찬가지로 전주 구도심 역시 건물과 시설의 노화로 인한 거주자 감소, 이로 인한 도심의 공동화 현상을 겪고 있다. 삼백집은 본점 건물을 현대화하고 주변의 오래된 건물을 인수, 주차장화 하는 동시에 옆 건물을 리모델링해 카페로 만드는 등 점점 동력이 사라지고 있는 구도심 공간에 활력을 심어주고 있다. 지역사회에 대한 노포의 역할을 충실히 이행 중인 것이다. 많은 직원을 고용해 고용 창출의 효과까지 만들고 있는 것도 눈여겨 볼 부분이다.

성공적으로 운영되고 있는 노포가 그 사회적 역할을 다할 때 지역 사회에 어떤 긍정적인 영향을 발생시키는지 우리는 을지로 노포들을 통해 목격한 바 있다. 삼백집은 우리 노포들이 나아가야 할 방향과 모범을 보여주는 좋은 사례라고 할 수 있다.

파리의 르 프로코프Le Procope나 레 뒤 마고Les Deux Magots, 리스본의 파스테이스 드 벨렘Pastéis de Belém, 영국 옥스퍼드의 더 그랜드 카페The Grand Cafe, 일본 교토의 이치몬지 야와스케, 도쿄의 지로 스시처럼 삼백집도 외국인들이 전주를 찾을 때면 반드시 들르는 명소가 되는 그날을 기대해 본다.

전북 익산

시장비빔밥

석재를 다듬던 석공들을 위한 실용적인 한 끼에서 출발
전주, 진주 비빔밥과는 달리 실용적인 면을 극대화
육회가 주인공인 압도적인 '피지컬의' 육회비빔밥

주소 전북 익산시 황등면 황등7길 25-8
전화번호 063-858-6051

육회 비빔밥을 주문했는데 토렴을 해서 주더라도 놀라시지 말 것! 고깃국물에 토렴 된 밥에 잘 양념 된 육회가 얹어지면 세상 어떤 맛도 따를 수 없다. 황등 비빔밥은 비빔밥의 또 하나의 새로운 장르라고 할 수 있다.

백제 무왕은 향가 「서동요」와 '선화공주'로 잘 알려져 있다. 무왕은 왕으로 즉위하자마자 백제의 중흥을 꿈꾸며 신라에 빼앗긴 옛 고토를 회복하기 위한 전쟁을 치른다. 그리고 백제의 수도를 부여에서 익산으로 옮겨 불법佛法을 통한 백제의 중흥을 꿈꾸며 미륵사를 창건했다는 전설이 있다. 지금은 미륵사지만 남았고, 덩그러니 남은 석탑만이 그 시절의 영화를 쓸쓸히 증언하고 있다. 반쯤은 허물어져 버린(물론 지금은 완전히 해체하여 복원까지 마쳤다) 탑의 모습에서 천년이 넘는 시간의 간극만 더욱 크게 느껴질 뿐이다.

미륵사지 탑은 목탑 양식으로 만들어진 석탑이다. 10층 높이의 탑을 화강암으로 쌓았는데 굉장히 거대하다. 이 탑을 만들기 위한 재료들은 어디에서 왔을까 고민하다 보니 인근 황등면이 떠올랐다. '황등석'이라는 명칭이 따로 있을 만큼 익산 황등면의 화강암은 그 품질을 널리 인정받았고, 일제 강점기에는 대표적인 수탈품 중 하나기도 했다. 여의도 국회의사당과 천안 독립기념관, 청와대 영빈관도 모두 황등석을 사용했다고 한다. 그러니 백제를 대표하는 호국불사의 상징인 석탑에도 당연히 이 황등석을 사용하지 않았을까 하는 나름의 추측을 해 본다.

황등면은 소문에 비해서는 의외로 작고 단출한 시골 마을이었다. 일제 강점기부터 화강암 수탈을 위해 많은 사람들이 몰려들었고, 석재 가공업이 발달해 한때는 호남선 황등역까지 만들어질 정도로 번화한 곳이라 들었는데, 황등면 입구의 몇몇 석재상을 제외하면 다른 시골 마을과 별반 차이는 없는 듯 보였다.

황등면에 들어서자마자 지인이 인생 비빔밥이라고 추천한 '황등비빔밥' 노포로 향했다. 황등면에는 황등비빔밥으로 유명한 세 곳의 식당이 있는데, 가장 오래된 곳이 '진미식당'(1931년 개업)이고 요즘 사람들이 많이 찾는 곳은 '시장비빔밥'(1945년 개업)이다. '한일식당'(1979년 개업)은 가장 젊은 식당이다. 이 중에서 어디로 갈까 고민하다 황등시장 구경도 할 겸 시장비빔밥으로 차를 돌렸다.

황등시장 바로 옆에 자리 잡은 시장비빔밥은 의외로 소박한 크기의 단층 건물이다. 머리에 닿을 듯 낮게 드리워진 처마에서 굉장히 오래된 건물이라는 생각이 절로 일었다. 원래 간판도 없었던 집이었다고 하는데 최근에야 간판을 올린 듯하다. 이곳은 하루에 딱 세 시간만 영업을 한다. 오전 11시에 영업을 시작해 오후 2시면 문을 닫는다. 이토록 짧은 시간의 영업이 가능하기 위해서는 그만큼 많은 사람들이 찾아주어야 한다.

평일에다 점심시간이 조금 지난 시간이라 마음 편히 찾았는데 대기 줄이 길게 늘어서 있다. 재빨리 가게 앞 시장 공영주차장에 차를 대고 대기 줄에 합류한다. 다행히 회전이 빨라 오래 기다리지 않고 입장할 수 있었다. 하마터면 먼 길을 찾아왔음에도 입장조차 하지 못 할 뻔했다.

주방 바로 앞자리를 안내받고 핸드폰을 들어 사진을 찍으니 직원들이 주문을 재촉하지도 않는다. 이미 많은 사람들이 찾아와서 사진을 찍다 보니 그 시간을 기다려 주는 듯한 느낌이다. 핸드폰을 테이블에 올려놓으니 그제야 사장님이 "이제 밥 드릴까요?" 하고 물어보신다. 사장님의 여유 있는 응대가 손님을 편하게 만들어 준다.

때마침 마산 고향 집에 들렀다 오는 길이라 "이 집 비빔밥 먹으러 경남 마산에서 왔다"라고 말씀드리니 "아이고. 너무 고맙다"라고 대답하신다. 그러면서도 손은 토렴질을 멈추지 않는다. 굉장히 큰 채에 콩나물과 밥을 담아 국솥에 넣고 꾹

꾹 누르며 국자를 놀린다. 뭉쳐진 밥을 국자로 풀어주며 적절한 온기를 담아내고, 콩나물도 따뜻하게 데치는 과정이다.

토렴을 마친 밥과 콩나물은 바로 옆의 양푼으로 옮겨 다른 재료를 더한 후 비빈다. 놀라운 것은 토렴한 밥을 비벼주는 양푼 그릇인데 수십 년간 밥을 넣고 치대다 보니 평평했던 양푼 바닥이 밑으로 볼록하게 도드라져 있다. 절대 일부러 만들 수는 없는, 시간과 사람의 손으로만 만들 수 있는 증표이다.

'황등비빔밥은 저렇게 만들어지는구나' 하고 지켜보니 정말 신선한 충격이다. 국밥도 아닌 비빔밥을 토렴해서 내는 것이 우선 놀랍다. 미리 밥을 비벼 그릇에 담고 그 위에 채소와 양념으로 잘 비빈 육회를 올려 덮는 방식이다. 테이블에 놓이는 비빔밥 그릇엔 모든 것이 '비벼진' 상태로 담겨 있다. 그야말로 진정한 비빔밥인 셈이다.

두 번째 놀라움은 밥을 덮고 있는 육회의 양이다. 채소의 양보다 압도적으로 많다. 이 집 비빔밥의 주연은 단연 육회다. 얼마 전 진주에서 먹었던 진주비빔밥이나 전주의 비빔밥도 모두 육회를 올리지만, 함께 오르는 채소들과 마찬가지로 고명으로서 역할을 할 뿐이었다. 하지만 이곳 황등의 비빔밥은 그야말로 진정한 '육회'비빔밥이었다. 다양한 채소들이 색을 내기도 하지만 양념한 소고기가 모두 덮어 버렸다.

한편으로는 이 정도 '피지컬'은 되어야 석공들의 밥이 될 수 있겠다 싶었다. 무거운 석재를 다루는 석공들은 많은 칼로리와 풍부한 영양소가 가득한 식단이 필요했을 것이다. 게다가 식사를 하는 시간 마저 조금이라도 줄여 쉴 틈을 더 확보해야 했을 터. 그러기 위해선 이런 육회비빔밥이 제격이 아니었을까.

깍두기와 김치 그리고 선짓국만 찬으로 내도 충분할 만큼 비빔밥 대접에 모든 것을 담았다. 한 대접 안에 모든 것을 다 담았으니 찬을 집기 위해 수저를 바꾸는 시간도 필요 없다. 오로지 숟가락 하나만 있으면 한 끼 식사가 가능한 요즘의 '한 그릇 음식'과 같다. 황등비빔밥은 실용적인 면이 극대화된 한 끼의 상차림이자 노동자의 밥이다.

수저로 육회를 밥과 다시 섞는다. 육회와 채소들 그리고 미리 비벼진 밥이 제자리를 찾아간다. 한 수저 큼직하게 뜨니 수저 위엔 육회가 대부분을 차지하고 있다. 쌀 알갱이의 탄탄한 식감이 중저음처럼 탄탄하게 받치고 육회의 설겅거리는 질감이 고음처럼 입속에서 느껴진다. 그리고 채소들의 이질적인 식감이 저음처럼 한 번씩 치고 들어오며 웅장한 하모니를 만들어 낸다. 이렇게 밸런스가 잘 맞는 음식이 있을까. 조금 강해 보이던 육회의 양념은 그 강렬한 색상에 비해 의외로 굉장히 절제된 맛을 안겨주는데 그 조합의 탄탄함이 예사롭지 않다.

이 맛을 제대로 느끼기 위해 마산에서 전북 익산까지 232킬로미터를 운전해 왔다. 세 개의 고속도로를 바꿔가며 찾아온 보람이 여기에 있었다. 잊혀진 제국의 절터에서 느꼈던 인생의 허무함은 이 집의 음식을 맛보며 인생의 즐거움으로 바뀌었다. 다시 인천으로 가기 위해 운전해야 하는 192킬로미터의 거리도 전혀 걱정되지 않았다. 이곳의 비빔밥을 꼭 먹어보라던 지인의 말이 어떤 의미인지 깨달을 수 있었다. 심지어 밥을 먹는 도중 마눌님께 전화해 비빔밥을 포장해 갈지 물어보기까지 했다.

시장 비빔밥은 3대째 사장님의 손에서 다시 다음 대로 넘어가고 있는 과정에 있다. 고깃국물에 비빔밥을 토렴하는 역할은 주로 사장님께서 하는 것으로 알고 있는데, 내가 찾았을 때는 젊고 이쁜 여자분께서 능숙하게 토렴질을 하고 있었다. 밑바닥이 둥그렇게 튀어나온 양푼을 잡고, 다른 손으로는 주걱을 들고 힘차게 밥과 양념을 섞는 모습이 굉장히 당당하고 멋져 보였다. 이 집의 앞날도 다음 대 사장님의 주걱질처럼 힘차고 굳건하리라. 다행이다. 이 집은 다시 '대'를 이어 몇십 년 동안 더 음식을 낼 수 있으니.

황등비빔밥은 굉장히 화려한 모양의 육회비빔밥이었지만 재료와 음식의 조리 방법, 그리고 음식의 담음새까지 모든 것이 실용적인 면에 모두 맞춰져 있어 전혀 사치스럽지 않았다.

그야말로 '검이불루 화이불치儉而不陋 華而不侈'(검소하지만 누추하지 않고, 화려하지만 사치스럽지 않다)하다. 백제 건축물의 절제된 아름다움을 극찬했던 김부식의 평가를 이 집의 비빔밥에도 적용할 수 있었다. 낮고 조그마한 이 집의 매장마저 검소했지만 누추함을 전혀 느낄 수 없었다.

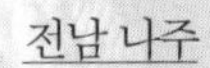

전남 나주

나주곰탕하얀집

맑기만 한 국물이 어떻게 이토록 깊은 맛을 내는지
소 한 마리를 온전히 품은 진한 곰탕 한 그릇
탱탱함과 부드러움이 공존하는 수육도 명불허전

주소 전남 나주시 금성관길 6-1
전화번호 061-333-4292

하얀집을 찾는 분이라면 이제는 곰탕만 아니라 수육도 꼭 드시라 추천하고 싶다. 이 집의 수육은 대한민국 최고 수준이다. 하지만 초빼이는 하얀집의 전라도식 김치에 더 마음을 빼앗겨 버렸으니, 어느 것 하나 모자람이 없는 집.

이 집에서 곰탕을 '마시다'(?) 보면 대한민국 헌법 조항에도 '곰탕=하얀집'이라고 나와 있을 것 같은 착각이 든다. 전국 팔도에 수백, 수천 곳의 곰탕집이 있겠지만 114년(1910년 개업)째의 업력이나 곰탕의 수준을 기준으로 할 때 가장 독보적인 존재감을 뽐내는 곳은 '나주곰탕 하얀집'(이하 하얀집)이 아닐까 싶다.

농업이 국가의 주요 산업이었던 고려와 조선시대에는 소가 중요한 생산수단이었다. 그래서 소를 잡는 행위가 금지된 것은 널리 알려진 사실이다. 불교가 국교였던 고려 때는 육식을 금지해 우금령牛禁令을 내려 소의 도축을 관리하기도 했다. 조선조에 들어서도 세종대왕을 비롯한 많은 왕들이 우금령을 내려 소의 사적인 도축을 막았다. 그러다 보니 소고기는 그야말로 귀한 음식 상징으로 여겨졌다.

그러나 우리 민족이 어떤 민족인가. 하지 말라고 하는 것은 기어코 한번 해보겠다고 덤비는 도전 정신이 강하고 모험을 즐기는 민족이 아니었던가. 이런 도전과 모험에 가장 앞섰던 계층이 바로 사대부였다. 그들이 가장 즐겼던 음식이 바로 소고기였는데, 우심적牛心炙이라는 요리를 가장 즐겼다. 갓 잡은 소의 심장을 얇게 저며 불에 구운 고기다.

한 마리 소를 잡아 많은 사람들이 나눠 먹기에는 탕만큼 좋은 음식이 없다. 소의 고기와 뼈를 큰 가마솥에 넣고 푹 고아 육수를 내고 삶은 고기 몇 점을 올리면 소 한 마리를 먹은 것과 같은 느낌이 들었을 것이다. 이것이 곰탕의 시작일 것이다. 곰탕을 사전에서 찾으면 '소의 뼈나 양䑋, 곱창, 양지머리 따위의 국거리를 넣고 진하게 푹 고아서 끓인 국'이라고 나오는데, '곤다'라는 음식을 만드는 방법을 나타내는 동사가 음식의 이름으로 쓰인 형태다.

하얀집은 내 외가에서 도보로 3분 거리에 있어 어려서부터 이 집 곰탕을 접할 기회가 많았다. 집안에 좋은 일이 있을 때나 어른들이 곰탕이나 먹으러 가자면서 찾았던 곳이 바로 하얀집이었다. 어릴 때는 이 집 곰탕의 진정한 맛을 몰라 그 귀함을 몰랐지만, 성인이 되고 나서야 이 집이 얼마나 유서 깊고 좋은 식당인지 알게 됐다.

이 집 곰탕의 가장 큰 매력은 토렴식으로 만들어 딱 먹기 좋은 온도로 상에 오른다는 것이다. 사람이 먹기 좋은 국물의 온도는 75도 정도라고 하는데, 토렴식으로 나오는 국밥이 이 온도다. 요즘 국밥집들은 밥 온장고가 있어 미리 공깃밥을 만들어 놓고 따로국밥 형태로 내지만 불과 몇십 년 전만 해도 토렴을 해서 내는 집이 많았다. 토렴은 차가운 밥을 그릇에 담고 뜨거운 국물을 부어 서너 번 데우는 것인데, 이렇게 하면 밥과 음식을 담는 용기도 데워지고 밥도 국물을 머금어 먹기 좋은 상태가 된다. 예전에는 보온 밥솥 같은 수단이 없어 갓 지은 밥을 오랫동안 보관하기가 쉽지 않았고, 손님이 올 때마다 밥을 지어 내놓기가 힘들었으니, 차갑게 식은 밥을 따듯하게 데울 수 있는 방법이 필요했다. 그 방법이 바로 토렴이었던 것이다.

상에 올려진 국밥을 본다. 맑은 국물 위로 잘게 채 썬 파와 노란색 지단이 올려져 있다. 그 위를 장식하는 빨간 고춧가루와 깨 등이 있다. 맛도 맛이지만 시각적인 완성도도 굉장히 높다. 여기에 달콤함이 느껴지는 이 집 곰탕 특유의 향기가 후각까지 맹렬히 자극한다. 이런 국밥을 앞에 두고 어찌 술 한잔하지 않을 수 있으랴. 소주잔을 채우고 국밥 한 수저를 든다. 목구멍을 타고 내려가는 희석식 소주가 잘 벼려진 날처럼 식도를 긁고 내려갈 때, 국밥 한 숟가락을 떠 입에 넣으면 어느새 고통은 희열로 치환된다.

하얀집 곰탕의 매력은 바로 이것이다. 곰탕 국물은 한없이 맑기만 한데 어떻게 이토록 진한 맛을 내는지 도무지 알 수가 없다. 게다가 곰탕 그릇에 담긴 소고기 조각은 어찌 그리 부드러운지. 오랜만에 찾은 기념으로 소 수육도 함께 주문했다. 깔끔하고 단정하게 접시에 올려진 수육이 절로 다음 잔을 부른다.

이 집 수육은 정말이지 잡내 하나 나지 않는다. 소고기를 삶아서 잘라낸 모습이 예전 어머니가 집에서 해 주시던 그 모습과 많이 닮아있어 추억을 떠올리게 한다(솔직히 말하면 수육은 어머니의 그것보다 이 집이 더 맛있다). 그래서 또 한 잔.

아끼고 아껴 둔 우설 한 점을 들어 올린다. 어떤 조화를 부렸기에 이 조그마한 한 점의 우설에 탱탱함과 부드러움이 공존할 수 있는지. 혀끝에 감기는 우설의 촉감은 입안에서 탱글거리다가 치아에 닿는 순간 푸딩처럼 녹아버린다. 터져 나오는 감탄. 하아~!

이번에 새롭게 느낀 건 곰탕이나 수육도 맛있지만, 반찬으로 나오는 전라도식 김치가 생애 최고의 김치라고 해도 과언이 아니라는 것. 깍두기보다는 전라도식 묵은김치가 더 굉장하게 느껴졌다. 이 김치는 어떤 미사여구나 수식으로도 그 맛을 표현하기 힘들 정도다. 내 짧은 필력으로 굳이 설명해 보자면, 김치 한 조각이 이처럼 다양한 맛과 향을 품을 수도 있구나! 하는 정도. 예전 어머니의 김치가 이와 비슷한 맛을 냈는데, 점점 나이가 들고 몸도 불편해지면서 김치 맛이 변했다. 건강을 잃기 전 어머니의 김치와 같은 맛을 오랜만에 느낄 수 있었다.

이 집은 오픈형 주방에서 느껴지는 깔끔함에 또 한 번 놀랄 수밖에 없다. 이 집은 정말 깨끗하다. 아마도 사장님의 성격에서 나오는 것이 아닐까 싶은데 너무나 존경스러운 부분이다. 이런 점은 다른 노포들도 정말 배워야 한다. 한국인이라면, 탕을 좋아한다면, 그리고 애주가라면 반드시 들려야만 하는 집. 바로 나주의 나주곰탕하얀집이다.

전남 담양

승일식당

잘 발라진 양념이 불과 함께 빚어내는 매혹적인 맛
흰 쌀밥과 어울려 만들어내는 최고의 궁합
전라도식 숯불 돼지갈비의 최강자

주소 전남 담양군 담양읍 중앙로 98-1
전화번호 061-382-9011

담양을 찾을 때마다 맛보던 떡갈비가 조금씩 지겨워질 무렵, 승일식당의 전라도식 돼지갈비가 마음속으로 들어왔다. 잘 구운 고기 한 점에 전라도식 김치 한 점. 담양 돼지갈비의 치명적인 유혹에 완패하고야 말았다.

전라도 지역 고깃집에 가면 발견할 수 있는 조금 특이한 점이 있는데, 이곳에서는 돼지갈비나 돼지구이를 별도의 공간에서 구운 후, 접시에 올려 손님에게 내는 경우가 많다는 것이다. 이미 널리 알려진 담양의 '쌍교숯불갈비'나 나주의 '송현불고기'와 같은 식당도 이런 방식으로 음식을 내고 있고, 조금 더 범위를 넓히면 해남의 '천일식당' 같은 곳도 떡갈비를 낼 때 같은 방식을 사용한다. 이는 꽤 오랜 시간 유지해 오는 전라도 식당 특유의 문화가 아닐까 추측하고 있는데, 뭐 아무렴 어떠랴. 자고로 고기는 남이 사주고, 남이 구워주는 고기가 제일 맛있다는 말도 있으니 이런 관점에선 기분 나쁘지 않은 방식인 듯하다.

얼마 전 방문한 담양은 도시의 규모에 비해 업력이 오래된 식당들이 많은 편이다. 특히 담양식 떡갈비 집 가운데 '신식당'이나 '덕인관'은 각각 100년과 60년의 업력을 가진 곳이라 하니 20~30년 정도 업력을 가진 어지간한 식당은 명함도 내밀 수 없을 정도다.

담양에는 떡갈비 외에도 유명한 고기 음식이 있는데, 바로 돼지갈비다. 보통 이 지역 사람들은 "떡갈비는 외지인들이 찾는 음식이고 현지인들은 돼지갈빗집을 찾는다"라고 한다. 유명한 돼지 갈빗집으로는 광주까지 진출한 쌍교숯불갈비, 수북회관, 승일식당 등이 있다.

담양 시내를 돌아다니며 고민한 끝에 선택한 집은 바로 숯불 돼지 갈빗집인 승일식당이다. 번화한 담양 신시가지를 지나 죽녹원으로 가는 길에 담양의 구도심이 있는데, 그 구도심 중간에 승일식당이 자리 잡고 있다. 몇십 미터 앞에서도 '저곳이겠구나'하고 짐작할 수 있을 만큼 긴 대기줄이 보이고, 도로 전체에 돼지갈비 굽는 냄새가 가득 차 있어 찾기는 어렵지 않았다.

이 식당에서는 돼지갈비가 유일한 메뉴이기 때문에 주문을 고민할 필요는 없다. 식당 내부로 들어서자마자 몇 인분을 시킬 건지 묻는 말이 주문의 전부다. 대낮부터 돼지갈비에 소주잔를 기울이고 있는 지역민들과 관광객들이 여럿 보인다. 여러 명의 직원이 하루 종일 고기를 굽고 있어 주문한 후 고기가 상에 오르기까지의 시간은 몇 분이 채 되지 않는다. 하얀 접시 위 올려진 고기가 상에 오르자마자 잘 발라진 양념이 불에 타면서 내는 매혹적인 불향이 사방으로 퍼져 나간다. 옆자리엔 이 지역 사람인 듯한 부자父子가 소주 한 병을 놓고 이런저런 이야기를 나누고 있다. 밭일 나갈 때 쓰는 농약 회사의 녹색 모자와 밀짚모자도 테이블 위에 올려져 있다.

고기는 갈비뼈가 붙은 부분과 삼겹살 부위가 섞여 나온다. 뭐 돼지 한 마리에서 나오는 갈비의 수량도 한정되어 있으니 순수 100퍼센트 갈비 부위만 제공할 수 없는 사정은 충분히 공감한다.

정말 맛있게 잘 구워진 고기를 먹기 좋은 크기로 자르면 그때부터는 끊임없는 젓가락질의 무한반복을 시작한다. 고기 접시가 순식간에 바닥을 보이는 게 정말 몇 년간 고기 한 점 못 먹어본 사람 같은 느낌이다. 바로 추가 2인분 주문. '고기는 흐름이 끊어지면 안 되는데'라는 생각을 하며 공깃밥도 별도로 주문한다. 공깃밥이 도착할 때쯤 주문한 고기도 함께 식탁에 오른다. 담양 돼지갈비 노포의 음식 나오는 속도가 서울의 유명 패스트푸드점에서 음식이 나오는 속도보다 더 빠르게 나오는 것을 느낄 기회도 흔치 않다.

누군가 한국의 음식점에서 가장 매력적인 신scene이 뭐냐고 묻는다면 난 언제나 '하얗게 김이 오르는 따뜻한 흰쌀밥 위에 잘 구워진 고기 한 점 올리고 입안에 넣는 장면'이라고 말하고 싶다. 이 집의 고기는 그 장면을 만들기에 딱 적합한데 양념도 너무 과하지 않아 흰쌀밥과도 너무 궁합이 좋다. 고기 한 점을 얹은 채 그냥 먹어도, 진한 양념의 전라도 김치 한 조각을 올려도, 쌈장 찍은 고추 한 조각을 올려도 무엇 하나 이상하게 보이지 않는다. 일상의 풍경처럼 너무나 자연스럽다. 마치 브레이크가 고장 난 열차처럼 다시 달리기 시작한다.

게다가 밑반찬들도 정말 손맛 좋은 분이 만들어 낸 듯 너무나 입에 맞다. 특히 전라도식 김치가 좋았는데 고기 한 점에 김치 한 조각 올리고 먹으면 정말 매력적인 맛에 감탄을 금할 수 없다. 전국적인 지명도를 가진 식당들은 역시 다르구나 하며 탄복하게 되는 지점이다.

가게 입구 쪽에는 고기를 굽는 별도의 공간이 있는데, 길게 한쪽 벽을 채우고 있는 긴 화로에 많은 직원들이 앉아 하루 종일 고기를 구워내고 있다. 이런 시스템으로 운영하고 있기 때문에 주문한 고기를 금세 내놓을 수 있고, 한꺼번에 많은 사람이 들어와도 충분히 대응할 수 있는 여력이 있는 것이다. 이런 방식의 대형 고기 화로는 업력이 100년에 가까운 해남의 노포 천일식당에서도 본 적이 있는데, 오랜 시간의 고민과 연구를 통해 만들어진 경험이 공유된 것임에 분명하다.

다만 아쉬운 것은 이전엔 300g이 1인분이었다는데, 요즘은 200g으로 바뀌었다는 것. 아무래도 인건비와 물가 상승의 여파를 이기지 못하고, 가격을 갑자기 올리는 것은 부담스러우니 만들어 낸, 우회적인 가격 인상책이 아닐까 싶다.

다음번에 담양 방문 때는 수북회관을 들려봐야 할 듯. 담양에서는 승일식당과 수북회관이 쌍벽을 이루는 돼지갈빗집이라 하니 숙제로 남겨놔야 할 듯하다.

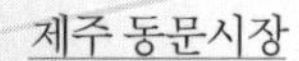

제주 동문시장

골목식당

메밀 향이 이렇게 구수했다니!
메밀 칼국수면의 신세계를 접하다
탄탄한 육질과 단맛이 조화로운 꿩고기는 꼭 맛보시길

주소	제주 제주시 중앙로 63-9
전화번호	064-757-4890

일본 관광객들 사이에서 대대로 회자되는 전설적인 제주의 야계(꿩) 맛집. 평범한 닭요리에 싫증 나신 분들은 꼭 한 번 찾아보시길. 지금까지 우리가 맛보았던 것과는 차원이 다른 텍스처의 메밀면과 꿩고기를 만날 수 있을 것이다.

꿩은 우리나라에 자생하는 텃새로 전 세계적으로 180여 종, 우리나라에는 4종이 서식한다고 한다. 한자로 꿩은 '치雉'라고 하나, '화충華蟲' '개조介鳥' '야계野鷄'라고도 했으며, 우리말로는 수컷을 '장끼', 암컷은 '까투리'라 부른다고 한다.

꿩은 길조로서 널리 알려져 우리 역사에도 꽤 많이 등장한다. 『삼국사기』에는 흰색 꿩을 왕에게 바쳤다는 기록을 자주 찾아볼 수 있다. "496년(소지마립간 18) 2월에 가야국에서 흰 꿩을 보내왔는데 꼬리의 길이가 다섯 자였다"라는 기록이 있으며, "753년(경덕왕 12) 무진주에서, 793년(원성왕 9) 나마奈末(신라의 관직명) 김뇌金惱가, 801년(애장왕 2) 우두주牛頭州(신라의 9주 중 하나)에서, 810년(헌덕왕 2) 서원경西原京(지금의 청주)에서 흰 꿩을 바쳤다는 기록들이 있다. 상서로운 흰꿩을 왕에게 바쳐 충성을 맹세했다는 내용들이다.

『삼국유사』에는 꿩을 식용으로 사용한 기록도 나오는데,

신라의 김춘추가 "하루에 쌀 서 말의 밥과 꿩 아홉 마리를 먹었고, 백제를 멸한 뒤에는 하루에 쌀 여섯 말, 술 여섯 말, 꿩 열 마리"를 먹었다는 기록도 전해진다. 또한 〈조선왕조실록〉에서도 총 540회 정도 꿩에 대한 언급이 나오는데 진상품, 제사 음식, 그리고 왕의 하사품 등 다양한 용도로 사용됐다. 이런 내용을 보면 꽤 오랜 시간 동안 우리나라에서는 꿩을 식용으로 활용했다는 것도 알 수 있다.

불과 얼마 전까지만 해도 우리의 식생활에서 조류를 주재료로 사용하는 음식은 꽤 많이 있었다. 20~30년 전까지 종로 포장마차의 인기 있는 안주였던 메추리구이나 참새구이, 아직도 전국적으로 성업 중인 오리전문점, 그리고 충청도나 전라도의 시골을 돌아다니다 보면 간혹 볼 수 있는 기러기, 청둥오리 요리 전문점의 존재는 우리에게도 다양한 조류를 사용한 요리가 있었음을 반증하는 것이다. 심지어 나 역시 아주 어릴 때 칠면조 고기를 먹었던 기억이 있다.

식재료의 다양성 측면에서 다양한 종류의 조류를 식용으로 사용했다는 것은 흥미로운 부분이지만, 요즘에는 거의 닭만 유통되고 있다는 점에선 아쉬움이 남는 것도 사실이다. 생각해 보니 어느 순간부터 다양한 조류를 이용한 요리는 점점 사라지기 시작했고, 우리의 밥상에는 닭만이 남아 빈자리를 메꾸고 있다. 그렇다면 닭 이외의 조류를 사용한 요리가 줄어든 이유는 무엇일까?

섣부른 추측을 덧붙인다면, 아마도 대기업이 유통을 장악한 육계 시장이 드라마틱한 성장을 한 것이 가장 큰 이유가 아닐까 싶다. 사료 공장의 발전과 급속하게 산업화한 시장의 변화가 육계 시장의 성장을 이끌었던 것 같다. 또 다른 이유는 경제성 때문일 것인데, 양계를 하는 것이 꿩이나 메추리 등의 다른 조류를 키우는 데 드는 비용보다 훨씬 경제성이 높았기 때문일 것이리라.

이런 이유 때문에 지난 제주 출장에서 가장 기대했던 식당 중의 하나가 제주시 동문시장에 있는 '골목식당'이었다. 이곳은 내게도 생소한 꿩 요리를 전문적으로 내는 식당이었던 것. 요즘은 꿩을 직접 보는 것조차 쉽지 않은데 꿩 음식을 내는 식당이라니. 새로운 음식을 경험해본다는 데 잔뜩 기대감이 차올랐다.

택시를 타고 동문시장에 도착해 가게를 찾는 것도 그리 쉽지 않았다. 동문시장 7번 입구로 들어갔다 다시 나오고, '신삼다식당' 쪽으로 올라가다 다시 제자리. 지도를 보니 농협 건물과 '럭키분식' 사이의 골목으로 들어가야 했다. 정확하게는 '제주중앙로상점가 골목시장'으로 들어가서 '자연몸국'을 끼고 우측 첫 번째 골목으로 들어가면 바로 골목식당을 볼 수 있다.

가게 문을 열고 들어서니 이미 오래전부터 자리를 잡으신 어르신 한 분만 계신다. 아마도 사장님과 친한 분인 듯 서로 흥겹게 이야기를 나누는데 무슨 소리인지 도대체 이해할 수 없었다. 제주도 사람들끼리는 제주도 사투리로 이야기를 나누는 것을 자주 본 덕분에 그리 낯설지도 않았다. 그러다 갑자기 내게 고개를 돌리는 사장님의 입에서 서울말이 튀어나온다.

"어서 오세요. 뭐 드릴까?"

꿩메밀칼국수와 꿩구이를 주문했다. 골목식당에 붙어있는 메뉴는 '꿩메밀칼국수'와 '꿩구이' 단 두 가지. 인터넷 검색을 해보면 꿩샤브와 꿩탕, 메밀국수 등도 판매하는 듯하다. 음식으로만 판단하자면 정말 꿩에 진심인 분들이다.

식탁에 반찬들이 올라온다. 콩나물과 석박지, 김치 그리고 마늘종 장아찌 4종. 그중에서도 김치와 석박지가 정말 맛이 잘 들었다. 시원하면서도 깊은맛을 품고 있는데 중국산 김치에만 익숙해진 입이 오랜만에 호강한다.

메밀 향이 이렇게 구수하고 좋은지 몰랐다. 테이블에 오르자마자 꿩메밀칼국수 그릇에서 이제껏 맡아보지 못한 강도의 메밀 향이 피어오른다. 내 앞에 놓인 그릇을 들어 마눌님의 얼굴 앞에 들이미니 정말 깜짝 놀란 표정이다. 친절하게도 소분할 그릇을 미리 주셔서 마눌님 몫도 옮겨 담았다. 듬성듬

성 잘린 메밀면 덩어리(덩어리라는 표현이 맞을 듯하다)가 수저 밖으로 뛰쳐나가려 파닥파닥거린다. '이런 게 진짜 메밀면이구나!' 하는 생각이 퍼뜩 들었다. 그동안 냉면과 막국수 면들에 대해 보냈던 찬사를 다시 걷어 들여야 하나 고민했다. 골목식당의 메밀 칼국수면은 그야말로 신세계다.

메밀가루를 풀어 잔뜩 꾸덕해진 칼국수 국물도 굉장히 좋다. 그릇째 들고 마신 국물은 담백하지만 달콤하고도 고소한 맛도 숨어 있다. 달콤함은 꿩 육수의 영역이고, 고소함은 메밀가루의 영역이다. 이 두 영역이 중첩되어 최상의 맛을 가진 국물이 되었다. 몸국이나 고사리 해장국의 국물과도 비슷한 텍스처가 제주 음식의 또 다른 세계를 보게 해 준다. 입술에 부딪히는 메밀면의 부피감이 예사롭지 않다. 일본 사누키 우동면보다 더 굵은 면이 국물 속에 숨어 있었다.

젓가락으로 면을 잡는 것이 무리인 듯해서 수저를 든다. 이 집의 칼국수 면을 먹는 데는 수저가 더 어울린다. 두께는 굵지만 일반적인 칼국수보다 면의 길이는 짧다. 우동면의 굵기에 강원도 올챙이국수 정도의 길이다. 메밀이 밀가루에 비해 탄력이나 점성이 떨어지니 굵고 짧게 면을 만드는 듯하다.

이빨로 설겅설겅 면을 끊어낸다. 잘 익었지만 면의 두께가 두텁다 보니 이런 식감이 난다. 뭉툭하게 끊어지는 면을 하나도 남김없이 건져 먹다 보니 국물이 식기 전에 칼국수를 다 먹어버렸다. 두터운 메밀면이 목구멍을 가득 채우며 넘어가는 느낌이 좋다.

잘 달궈진 주물 판에 꿩고기를 올려주신다. 부채꼴 모양으로 고기를 잘 펴서 마늘을 듬뿍 넣은 양념을 발라 놓았다. 마늘 향이 좋다고 하니 사장님께서 "우리는 제주도 대정에서 난 마늘만 쓴다"라고 한마디 거드신다.

꿩구이로 쓰는 부위는 다리와 날개 부분인 듯했다. 뼈에 붙은 살을 한 방향으로 저며 놓았는데 보통 섬세한 칼질이 아니다. 간장을 기본으로 한 양념이라 구이판 위로 간장 졸인 냄새와 고기가 익어가는 냄새가 한데 섞여 올라온다.

이렇게 귀한 제주의 토속 음식을 먹는데 소주를 빼놓을 수 없는 일. 오늘의 선택은 순한 한라산이다. 한라산 소주가 독하다거나 맛이 없다는 말들을 많이 들었지만 나는 그 말에 동의하지 않는다. 한라산 이전의 '한일소주'의 기억이 아직도 남아 있기 때문이다. 한일소주의 뒤를 이어 출시된 한라산 소주는 이제는 술의 영역으로 들어왔다고 인정할 수 있다. 순한 한라산 소주의 목 넘김이 좋다.

처음 먹어보는 꿩고기는 꽤 탄탄한 육질을 가지고 있었다. 치밀한 조직을 씹는 듯한 식감이 조금 색다른 느낌이었고 잘 만들어진 마늘장 양념 때문인지 잡내나 누린내는 전혀 찾을 수 없었다. 그리고 또 한 가지 특징은 꿩의 뼈가 굉장히 억세고 강하다는 것. 가는 뼈도 잘 부러지지 않을 정도로 강해 '이런 점이 닭고기와 다르구나' 하고 느낄 수 있었다. 전반적으로 탄탄한 조직감이 좋았고 약한 단맛이 있어 오히려 닭고기보다는 더 괜찮게 느껴졌다. 아마도 별미別味라는 단어는 이럴 때 쓰는 말일 듯하다.

매장을 둘러보다 메뉴판에서 눈길이 멈췄다. 전서체로 멋들어지게 쓴 메뉴판이 떡 하니 걸려있는데, 이곳을 자주 찾으시는 서예가가 써 주신 것이라 한다. 꿩을 뜻하는 한자인 '치雉' 대신 '야계野鷄'라고 써 놓은 것이 이채롭다.

계산을 하려 일어서니 주방 입구 선반 위에 올려놓은 쟁반이 눈에 들어왔다. 너무 오래 사용하여 귀퉁이가 찢어지고 바닥이 닳아 깊은 흠이 생겨났다. "이 쟁반이 이 집의 역사를 한눈에 보여주네요"라고 하니 "가게 문 열었을 때부터 사용하던 것"이라고 하신다.

색다른 경험과 처음 만나는 음식에 굉장히 만족한 저녁이었다. 어스름해진 하늘 밑으로 시장 사람들의 호객하는 목소리가 더욱 소리를 높여간다. 제주도의 조각 하나를 또 가슴에 담게 되었다.

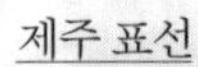

가시식당

검붉은 선지 색으로 걸쭉한 순대 국수
멜젓과의 환상적인 호흡을 자랑하는 냉수육
제주 사람들이 애정하는 두루치기까지!

주소	제주 서귀포시 표선면 가시로565번길 24 중앙슈퍼
전화번호	064-787-1035

제주 향토 음식의 원형을 경험해 보고 싶다면 이 집을 꼭 방문해야 한다. 생생히 살아 숨 쉬는 제주 음식의 숨결을 온전히 느낄 수 있다. 두루치기와 순대국(수)는 반드시 먹어볼 것.

제주도 음식은 단순하다고 할 수 있지만, 한편으로는 굉장히 효율적인 음식이다. 아무래도 제주도는 섬이라는 척박한 환경으로 인해 식재료가 부족했고, 거친 환경을 극복하고 삶을 영위해야 했기에 일손도 늘 부족했다. 그러다 보니 음식도 육지처럼 별개의 음식을 따로 만들기보다 하나의 과정을 통해 여러 음식을 만들어 내는 효율성을 강조하는 방식으로 발전했다.

예를 들어 돼지를 한 마리 잡게 되면, 내장까지 포함해 돼지 한 마리를 통으로 삶는다. 여기에서 살코기를 떼어내면 우리가 잘 아는 돔베고기가 되고, 내장은 속을 채워 순대를 만든다. 족발은 아강발이 되며, 뼈는 따로 떼 내어 메밀가루를 넣고 접짝뼈꾹을 끓인다. 돼지를 삶은 육수에 국수를 넣고 고기 고명을 올리면 고기국수, 모자반과 메밀가루를 넣으면 몸국, 순대를 넣으면 순댓국이 되는 형식이다. 돼지 한 마리를 잡아 삶기만 하면 제주도를 대표하는 향토음식이 거의 모두 만들어진다.

여기서 가장 중요한 것은 육수다. 제주 음식의 원형을 얼마나 간직하고 있느냐를 따지는 중요한 척도 중의 하나가 바로 육수다. 요즘에는 제주의 식당 가운데 많은 곳이 육지의 설렁탕이나 곰탕처럼 뼈로 만든 육수로만 접짝뼈국, 순댓국, 몸국, 고기국수 등을 만드는 경우가 많다고 하는데, 엄밀한 의미에서 따지자면 이는 제주 전통적인 방식에서 조금 벗어나 있다. 효율성을 너무 강조한 나머지 정작 중요한 본질에서는 멀어져 버리는 우愚를 범한 것이다.

서귀포 표선면 가시리에 자리한 '가시식당'은 가시리에서 가장 오래된 식당으로 제주 음식의 원형에 가장 가까운 몸국과 순댓국을 내는 곳이다. 가시리는 조선시대부터 말 목장 중 으뜸으로 치는 '갑마장'이 있는 곳이기도 했고 양돈 마을로도 유명했다. 가시식당은 원래 정육점을 함께 운영하던 식당이었다고 하는데, 돼지를 주재료로 해 제주 음식을 만들기에 좋은 조건을 갖추고 있었던 셈이다.

중산간 길 작은 삼거리에 자리한 이곳은 두루치기를 잘하는 집으로 유명하다. 실제로 내가 방문했을 때도 대부분의 손님들은 두루치기를 먹고 있었다. 나는 두루치기를 주문하면 술을 마시게 될 것 같아 순대 국수와 수육 한 접시를 주문했는데, 이 선택이 되려 늑대를 피하려다 호랑이를 만난 격이 되어 버렸다.

순대 국수가 나오자마자 뜬 국물 한 수저에 한라산 소주가 눈앞에 어른거리기 시작했다. 순대 국수는 잘게 썬 모자반이 국수 면발 사이에 숨어들어 있어 식감이 남달랐고, 메밀가루와 순대의 선지가 제대로 풀어졌는지 국물은 걸쭉하면서도 불투명한 선지 색을 보였다. 돼지고기의 다양한 부위가 딱 먹기 좋은 크기로 함께 들어 있었는데 선도가 좋아 식감과 향도 정말이지 기가 막혔다. 지금까지 제주도에서 맛본 몸국이나 순댓국은 진짜가 아니었다는 생각이 들 만큼 그 농도와 깊이가 확연히 달랐다.

수육은 찍어 먹는 장으로 간장과 된장 그리고 멜젓(멸치젓)이 함께 나온다는 점이 독특했다. 수육에 간장과 멜젓이라니. 간장은 차치하고서라도 보통 육지의 제주 삼겹살 전문점에 가면 멜젓이나 갈치속젓을 내주는 집은 제법 있는데 수육에, 하물며 냉수육에 멜젓이 나올 줄이야. 그런데 이 조합이 정말 끝내준다.

처음엔 간장에 수육을 찍어 먹었는데, 나쁘진 않았지만 그렇다고 호감을 느낄 정도는 아니었다. 하지만 멜젓은 지금까지 한 번도 경험해 보지 못한 기막힌 맛으로 강력한 충격을 안겨주었다. 사실 멜젓만 놓고 보면 특유의 꼬린내와 비린내로 먹기가 다소 부담스러운 것이 사실인데, 이 녀석이 탄탄하게 식혀 적절한 경도를 가진 수육과 만나니 전혀 다른 맛이 되었던 것이다.

개인적으로 냉수육(수육을 삶은 뒤 무거운 돌로 눌러 기름기를 빼고 식히는 수육, 대표적으로 필동면옥의 제육)을 좋아하는 편인데, 냉수육과 멜젓을 함께 입에 넣으니 수육의 절제된 기름기가 멜젓에 스며들며 멜젓이 달콤하게까지 느껴졌다. 마법 같은 맛이 나오니 순간 당황하기까지. '어? 이거 진짜구나!' 하는 생각이 들었다. 지방과 살코기가 반반씩 적절히 배분된 수육은 탄탄한 살코기와 부드러운 지방이 절묘하게 섞이며 최상의 식감을 안겨주었다. 젓가락을 바삐 놀리다 보니 접시가 금세 바닥을 보였다.

수육에는 돼지 껍질까지 붙어 있었는데, 자세히 들여다보니 껍데기에는 불로 태운 흔적이 있었다. 돼지 껍데기 부분을 그을리는 것은 두 가지 이유가 있다. 도축 시 제거되지 않은 털을 없애고자 하는 것도 있고, 고기를 먹을 때 좋은 식감을 유지하기 위해 그렇게 하기도 한다. 이곳에서는 청결함을 유지하기 위해 껍데기의 털을 제거한 것으로 보인다.

순대 국수와 수육처럼 사람들이 주로 찾는 메뉴가 아닌데도 이 정도 수준을 보여준다면 도대체 두루치기는 얼마나 맛있을지. 브레이크 타임이 끝나기 전, 일부러 조금 일찍 도착해 두루치기 만드는 과정을 가게 밖에서 보았는데, 냉동이 아닌 생고기를 일일이 손으로 양념에 버무려 준비하고 계셨다. 선홍빛이 맴도는 고기는 한눈에 보기에도 좋은 고기라는 걸 알 수 있었다.

어느 지역을 가든, 그 지역의 고유한 특성과 환경을 반영한 향토 음식이 있다. 제주도는 육지와 동떨어진 고립된 섬이라는 특성과 섬 특유의 척박한 환경, 그리고 사면이 바다라는 특성이 반영된 제주도만의 특별한 향토 음식이 있다. 앞에서 언급한 돼지 한 마리를 활용한 요리나 꿩 요리, 메밀로 만든 면 요리, 그리고 생선이나 해산물을 재료로 하는 요리 등 제주도만의 특성을 담은 음식이 굉장히 많다. 하지만 안타깝게도 이런 제주도의 향토 음식들이 점점 사라지거나 그 원형을 잃어가고 있다고 한다. 전통은 옛 모습만을 고수하고 간직하는 것이 아닌, 그 시대의 시대상을 반영하며 항상 변화한다. 하지만 그런 전통의 계승과 발전을 위해선 무엇보다도 원형의 발굴 및 보존이 우선되어야 한다. 그런 면에서 가시식당과 같은 제주 음식의 원형을 보존하고 있는 노포들의 가치는 더욱 도드라져 보인다.

이 집은 줄을 서는 시간이 절대 아깝지 않다. 오히려 제주 향토 음식의 명맥을 잇고 있다는 상징성 때문에 더욱 빛나 보인다.

초빼이의 노포일기

먹킷리스트

□ 경기 수원 유치회관

□ 경기 수원 수원만두

□ 경기 양평 국수리국수집

□ 경기 용인 제일식당

□ 경기 용인 고기리막국수

□ 경기 의정부 오뎅식당

□ 경기 고양 행주산성원조국수집

□ 경기 파주 밀밭식당

□ 경기 하남 마방집

□ 강원 동해 덕취원

□ 강원 양양 단양면옥

□ 강원 속초 후포식당

□ 강원 춘천 통나무집닭갈비

□ 대전 도마동 한마음면옥

□ 대전 대흥동 형제집

□ 충남 예산 소복갈비

□ 충남 예산 한일식당

□ 충남 천안 청화집

□ 충남 홍성 광천원조어죽

□ 대구 전동 국일따로국밥

□ 대구 칠성시장 단골식당

□ 대구 공평동 부산안면옥

□ 부산 서면 마라톤집

□ 부산 해운대 의령식당

□ 경남 창원 반달집

□ 경남 진주 천황식당

□ 경남 진주 북경장

□ 광주 금남로 꽃담

□ 광주 송정동 서울곱창

□ 전북 전주 삼백집 본점

□ 전북 익산 시장비빔밥

□ 전남 나주 나주곰탕하얀집

□ 전남 담양 승일식당

□ 제주 동문시장 골목식당

□ 제주 표선 가시식당

경기 수원

유치회관

메뉴 추천

- 1인 방문 시 : 해장국 + 소주(해장술 강추)
- 2인 이상 방문 시 : 해장국(인원수 만큼) + 수육 + 소주

팁

- 굉장히 넓은 주차장이 있음. 건너편 유치회관 R&D 건물 주차장도 사용 가능.
- 월~일 00:00~24:00
- 해장국과 수육은 필수
- 선지는 작은 스테인리스 그릇에 따로 담겨 나온다. 선지는 무한 리필 가능.
- 포장도 가능하다.

경기 수원

수원만두

메뉴 추천

- 1인 방문 시 : 군만두 + 소주(이과두주나 빼갈 등의 중국술이 더 어울리긴 합니다)
- 2인 이상 방문 시 : 군만두 + 찐만두 + 우육탕 또는 요리 + 소주

팁

- 가게 바로 앞 1대 정도 주차 가능. 전용 주차장도 있으나 넓지는 않음.
- 월~일 11:30~21:00
- 만두는 군만두와 찐만두 추천. 우육탕은 필수.
- 가까운 곳에 수원 통닭거리가 있다. 연계한 코스 가능.

경기 양평

국수리국수집

메뉴 추천

- 1인 방문 시 : 된장칼국수(수제비) 또는 부추수제비 + 소주
- 2인 이상 방문 시 : 된장칼국수 또는 부추수제비(인원수 대로) + 녹두빈대떡 + 소주

팁

- 가게 앞 주차장이 꽤 넓지만 식사 시간에는 부족할 수도 있음.
- 목~화 11:00~20:30 / 수요일 휴무 / 브레이크 타임 16:00~17:00 / 라스트 오더 20:00
- 된장칼국수, 된장수제비, 부추칼국수는 필수
- 바싹하게 구운 빈대떡과 새콤달콤한 메밀비빔국수도 어디에 내놓아도 빠지지 않는 수준이다.

경기 용인

제일식당

메뉴 추천

- 1인 방문 시 : 순대국밥(또는 순대 안주 등) + 소주
- 2인 이상 방문 시 : 순대국밥 + 백암순대(또는 오소리감투나 모둠) + 소주

팁

- 별도 주차장 없음. 인근 백암오일장터 주차장 이용(무료). 백암장날(1·6장)에는 이용 불가
- 목~화 06:00~21:00 / 수요일 휴무 / 라스트 오더 20:00
- 국밥, 모듬, 오소리감투, 순대 모두 시도해 볼 것.
- 주말 웨이팅 필수. 장날이 겹친 주말엔 웨이팅이 더 길다.
- 회전이 빠른 편이라 오래 기다리지 않아도 된다.
- 혼밥도 눈치 보지 않고 편하게 먹을 수 있는 분위기.

경기 용인

고기리막국수

메뉴 추천

- 1인 방문 시 : 막국수(물, 비빔, 들기름 막국수 중 선택) + 수육(소) + 막걸리
- 2인 이상 방문 시 : 막국수 + 수육 + 막걸리

팁

- 전용 주차장이 있음. 대중교통으로 접근하기 힘들다.
- 월·수~금 11:00~21:00, 토~일 10:40~21:00 / 화요일 휴무 / 라스트 오더 20:20
- 오픈 시간에 입장할 계획이라면 10시에서 10시 30분 정도에 방문해 미리 등록해야 한다.
- 모든 막국수와 수육 모두 강추. 주문 시 사리 추가에 대한 팁을 주는데, 물막국수를 주문하고 사리 추가는 들기름 막국수로 교차 가능.
- 고기리 막국수로 들어가는 길목 경치 좋은 카페가 많다. 식사 후 잠시 여유를 가질 수 있다.

경기 의정부

오뎅식당

메뉴 추천

- 1인 방문 시 : 부대찌개 + 소주
- 2인 이상 방문시 : 부대찌개 세트 + 추가(모듬사리 등) + 소주

팁

- 전용 주차장이 있으며 직원이 안내해 준다.
- 월~일 08:30~21:30
- 본점은 낮고 오래된 건물이다. 편안함을 원한다면 근처의 분점으로 가시길.
- 포장 가능. 오뎅식당의 HMR도 있다. 본래의 맛에 가깝게 먹길 원한다면 그래도 포장이 더 낫다.
- 본점에 가기 어렵다면 가맹점도 나쁘지 않다. 풍미와 맛은 개인적 판단으로는 본점의 80% 정도 수준.

행주산성 원조국수집

메뉴 추천

- 1인 방문 시 : 잔치국수
- 2인 이상 방문 시 : 취향과 기호에 따라 1인 1 메뉴

팁

- 전용 주차장 있음. 본관 주차장 외에 분관 주차장도 이용 가능.
- 화~일 08:00~20:00 / 월요일 휴무 / 라스트 오더 19:50
- 잔치국수 필수, 비빔국수는 선택. 콩국수(여름 한정)도 높은 수준.
- 국수가 나오면 국물을 먼저 먹을 것. 국수를 반 정도 먹은 후 파 양념장을 넣고 먹으면 두 가지 국수를 먹는 느낌.
- 항상 웨이팅을 해야 하지만 오전 8:30~9:00, 10:00~11:00, 15:00~16:30 정도가 그나마 한가하다.

경기 파주

밀밭식당

메뉴 추천

- 1인 방문 시 : 칼만두국(또는 칼국수나 비빔국수) + 소주
- 2인 이상 방문 시 : 칼만두국(또는 칼국수나 비빔국수 사람 수만큼) + 만두 + 소주

팁

- 가게 앞 1대 정도 주차 가능. 지정 주차장이 있음. 내비게이션으로 '밀밭식당 주차장'으로 검색. 계산 시 주차권을 요청하면 1시간 주차권을 제공.
- 월~일 09:00~21:00
- 비빔국수와 만두는 필수. 비빔국수는 칼국수면이다.
- 만두는 생만두로 별도로 판매. 20개에 1만 원. 만두 마니아는 반드시 구매할 것.

경기 하남

마방집

메뉴 추천

- 2명 이상 방문 시 : 한정식(사람 수에 맞춰) + 소장작 불고기 또는 돼지장작 불고기 + 더덕구이 + 소주

팁

- 자체 주자장 넓음. 관광버스도 주차 가능. 대중 교통으로는 찾아가기 힘든 위치. 사람들이 몰리는 시간에는 가끔 주차장이 꽉 찰 때도 있는데 인근 도로변에 주차하기도 한다.
- 월~일 11:00~21:00 / 브레이크 타임 15:00~16:00
- 한정식, 장작 불고기(소·돼지)는 필수. 더덕구이는 예전보다 양이 줄었지만 여전히 매력적이다.

강원 동해

덕취원

메뉴 추천

- 1인 방문 시 : 삼선짬뽕(또는 볶음밥) + 소주
- 2인 이상 방문 시 : 삼선짬뽕 또는 볶음밥 + 군만두 + 요리 + 소주(이과두주)

팁

- 별도 주차장은 없음. 가게 앞 도로변 주차 가능하지만 시간대에 따라 경쟁이 심함. 200미터 이내에 공영주차장 3곳.
- 월~토 11:30~20:40 / 일요일 휴무 / 브레이크 타임 14:50~17:00 / 점심 라스트 오더 14:40, 저녁 라스트 오더 19:40 / 재료 소진 시 조기 마감
- 삼선짬뽕과 볶음밥은 무조건 강추.

단양면옥

메뉴 추천

- 1인 방문 시 : (가자미)회비빔막국수 또는 (가자미)함흥회냉면 + 소주(막걸리)
- 2인 이상 방문 시 : (가자미)회비빔막국수 또는 (가자미)함흥회냉면 + 수육 + 소주(막걸리)

팁

- 별도 주차장은 없음. 가게 앞 도로변 주차가 가능. 근처에 양양군청, 양양우체국, 속초양양축산농협 공영주차장이 있음.
- 매일 11:00~19:00 / 월요일 휴무 / 장날에는 월요일도 영업(양양장은 4·9장)
- 가자미회 무침은 반드시 먹어야 함.
- 예전엔 2층이 좌식 좌석이었지만 지금은 입식으로 바뀌어 편해졌다.

후포식당

메뉴 추천

- 1인 방문 시 : 생선조림(소) + 무침회(소) + 소주
- 2인 이상 방문 시 : 생선조림 + 도치알탕 + 무침회 또는 숙회류 + 소주

팁

- 별도 주차장은 없음. 골목 안쪽 바닷가 편에 주차 공간이 많음.
- 월~일 08:30~21:00 / 부정기적 휴무, 방문 전 전화 확인 필요.
- 조림과 무침회는 필수. 도치알탕과 장치찜도 좋다.
- 무침회와 조림은 당일 들어온 생선 중 괜찮은 것을 골라 사용한다. 공기밥은 별도 주문.
- 음식량이 많은 편. 2~3인 정도가 찾는 것이 좋다.
- 경험상 속초에서는 이 집이 가장 추천할 만하다.

강원 춘천

통나무집닭갈비

메뉴 추천

- 2인 이상 방문 시 : 닭갈비(사람 수대로, 닭내장 볶음도 가능) + 우동사리(또는 볶음밥) + 막국수 또는 감자부침 + 소주.

팁

- 전용주차장 있음. 매장 1층 넓은 주차장과 오르막 길로 올라가면 건물 뒤편으로 주차 공간 넓음. 매장 앞 도로 건너편도 주차장으로 사용 중.
- 매일 10:30~21:30 / 라스트 오더 20:30
- 가급적 본점을 찾아보실 것을 권장. 단 웨이팅이 길다. 웨이팅이 싫다면 분점으로 가는 것도 방법.
- 도착하면 매장으로 들어가 번호표를 받고, 외부의 대기실에서 대기해야 함.
- 포장 주문도 굉장히 퀄리티가 좋음. 매장에서 먹는 맛의 90% 수준.

대전 도마동

한마음면옥

메뉴 추천

- 1인 방문 시 : 냉면(또는 김치비빔) + 소주
- 2인 이상 방문 시 : 냉면 + 김치비빔 + 소주

팁

- 매장 앞 대형 주차장 완비. 대형 관광버스도 주차 가능.
- 월~일 10:30~20:30 / 브레이크 타임 없음.
- 김치비빔은 다른 곳에서 맛보기 힘든 메뉴. 필수코스다.
- 유명 평양냉면집들과는 조금 다른 평양냉면을 낸다. 맛 보시길.
- 자리에 앉으면 기본으로 따뜻한 육수가 나오는데 찬 육수를 주문하면 살얼음이 동동 떠 있는 육수를 가져다주신다.
- 접시만두도 먹을 만하다.

대전 대흥동

형제집

메뉴 추천

- 1인 방문 시 : 고기 한 판 + 소주
- 2인 이상 방문 시 : 고기 한 판 + 고기 추가(한 판 또는 반 판 가능) + 볶음밥 + 소주

팁

- 별도 주차장 없음. 가게 인근에 주차 가능한 골목 있음. 인근 수변 도로에도 주차 많이 하는 편.
- 월~일 11:30~22:00 / 매달 1·3주 월요일 휴무
- 반드시 초간장 마늘과 함께 드셔 보실 것.
- 중구 대흥동은 대전의 옛 번화가 중 하나로 인근에 노포가 많음. 건너편 '소나무집'의 오징어국수나 '진로집'의 두부두루치기 등으로 2차 코스 구성 가능.

충남 예산

소복갈비

메뉴 추천

- 1인 방문 시 : 양념갈비 1인분 + 소주
- 2인 이상 방문 시 : 양념 1인 + 생갈비 1인분 + 굴회 또는 갈비탕 + 소주

팁

- 별도 주차장 있음. 예산상설시장에서 느리게 걸으면 5분, 속보로는 3분 정도 거리.
- 매일 11:00~19:00 / 브레이크 타임 14:00~17:00 / 재료 소진으로 브레이크 타임 및 마감 시간의 변동이 있을 수 있음.
- 생갈비는 사전 예약이 필요하다고 적혀 있으나, 현장에서 직접 주문도 가능했음(당일 준비되는 수량 조절을 위한 것이라 추측).
- 2차는 예산시장 추천.

충남 예산

한일식당

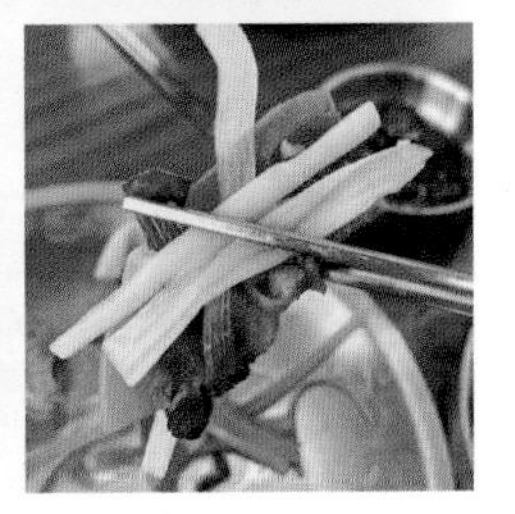

메뉴 추천

- 1인 방문 시 : 소머리국밥 + 수육(소) + 소주
- 2인 이상 방문 시 : 소머리국밥(사람 수에 맞게) + 수육(소 또는 중) + 소주

팁

- 자체 주차장이 있음.
- 월~일 09:00~20:00 / 라스트 오더 19:00
- 기존 삽교시장 인근에서 삽교역 근처로 확장 이전.
- 소머리국밥과 수육은 필수
- 밥이 국에 말아져 있는 것이 싫은 분들은 주문할 때 미리 따로국밥으로 달라고 말하면 된다.
- 수저 세트도 깔끔하게 개별 포장해서 나온다.
- 피크 시간에는 웨이팅 있지만 회전이 빨라 오래 기다리지 않아도 된다.

충남 천안

청화집

메뉴 추천

- 1인 방문 시 : 순댓국 + 순대 + 소주 또는 막걸리
- 2인 이상 방문 시 : 순댓국 + 모둠순대 + 소주 또는 막걸리

팁

- 가게 바로 앞에 주차장이 있음. 4대 주차 가능. 근처 뒷골목에 주차 가능.
- 화~금 09:00~18:00, 토·일 08:30~18:00 / 월요일 휴무(장날일 경우 정상 영업)
- 모듬순대와 국밥은 필수.
- 길 건너편 '충남집' 역시 병천순대의 대표적인 식당.
- 청양고추는 따로 요청하면 내주신다.
- 포장은 2인분부터 가능하며, 순대와 국물 등을 따로 포장해 주어 조리하기가 편하다. 인근 리조트 가는 길에 포장해 가는 사람이 많다.

충남 홍성

광천원조어죽

메뉴 추천

- 1인 방문 시 : 돼지족탕 또는 소머리 수육(소) + 소주
- 2인 이상 방문 시 : 추어어죽 + 추어튀김 + 소주
- 3인 이상 방문 시 : 추어어죽 + 돼지족탕 1인분 + 추어튀김(강추) 또는 소머리 수육 + 소주

팁

- 별도 주차장은 없음. 인근 도로변에 가능. 장날일 경우 도로변도 복잡하다.
- 월~금 11:00~20:00, 토·일 10:30~20:00 / 매월 1·3·5째 월요일 휴무 / 브레이크 타임 15:00~17:00 / 라스트 오더 19:00
- 추어어죽, 추어튀김은 필수. 어죽은 2인분 이상 주문 가능.
- 소머리 수육도 유명함. 부추를 듬뿍 올려 낸다. 맛이 부드럽고 깊다.

국일따로국밥

메뉴 추천

- 1인 방문 시 : 따로국밥(또는 따로 국수) + 소주
- 2인 방문 시 : 따로국밥(또는 따로 국수, 사람 수에 맞게) + 소주 + 추가 선지

팁

- 별도 주차장 없음. 인근의 공영 또는 민영주차장을 이용.
- 월~일 00:00~24:00
- 따로국밥 필수. 벽에 붙어 있는 '따로국밥의 유래' 설명을 읽고 있으면 국밥이 나온다.
- 다른 곳에서 1~2차 후 마무리 자리로 찾거나 다음날 아침 해장으로 찾을 것.
- 따로국수는 밥 대신 소면이 나온다.

대구 칠성시장

단골식당

메뉴 추천

- 1인~2인 방문 시 : 간장불고기 2 + 고추장 불고기 1 + 소주
- 3인 이상 방문 시 : 간장불고기 2 + 고추장 불고기 2 + 고기 추가 또는 공깃밥 + 소주

팁

- 칠성시장 공영주차장을 이용. 지하철 칠성시장역 이용.
- 매일 09:00~20:10 / 라스트 오더 19:40 / 매주 수요일 휴무/ 재료 소진 시 조기 마감.
- 이 매장이 있는 골목은 닭 내장 구이와 족발이 유명하다.
- 택배로 주문도 가능하다.

대구 공평동

부산안면옥

메뉴 추천

- 1인 방문 시 : 냉면 + 제육 + 소주
- 2인~3인 방문 시 : 냉면 + 제육 또는 수육 + 소주
- 4인 이상 방문 시 : 냉면 + 쟁반(어복쟁반) + 소주

팁

- 별도 주차장 없음. 인근 공영 또는 민영주차장을 이용. 대구 지하철 중앙로역에서 도보 3분.
- 월~일 11:00~20:30 / 휴업 10. 1~3. 31(6개월)
- 부산안면옥의 영업 기간은 6개월. 일 년 중 6개월 여를 휴업하고 그동안 사장님 부부는 여행을 다니신다.
- 2차는 대구 차이나타운의 노포 중국집을 추천.

부산 서면

마라톤집

메뉴 추천

- 1인 방문 시 : 일본식 오뎅탕 + 소주(또는 소맥)
- 2인 방문 시 : 일본식 오뎅탕 + 해물 부침 또는 해물야채볶음 + 소주(또는 소맥)
- 3인 이상 방문 시 : 2인 방문 시 메뉴 추천 + 그 외 안주 + 소주

팁

- 별도 주차장 없음. 인근 공영, 민영 주차장 이용
- 월~토 16:00~02:00 / 일요일 휴무
- 마라톤(해물 부침개), 재건(해물 야채볶음)은 역사와 스토리가 깃든 메뉴라 필수.
- 1~2명이라면 1층 바 자리 추천.

부산 해운대

의령식당

메뉴 추천

- 1인 방문 시 : 수육백반 + 소주
- 2~3인 방문 시 : 국밥 2~3 + 수육 소~중 1 + 소주
- 4인 이상 방문 시 : 인원 수의 국밥 + 수육 대 + 소주

팁

- 별도 주차장 없음.
- 월~토 08:30~21:00 / 일요일 휴무 / 가끔 비정기적 휴무.
- 해운대 전철역 2번 출구로 나가 큰 길을 건너서 올라가야 한다.
- 수육 백반은 강추. 조금 모자라면 수육 작은 것을 추가하면 된다.
- 테이블은 좌식이 2곳, 의자가 놓여 있는 곳이 4곳 정도 있다.
- 돼지 냄새가 전혀 없어 초보자들도 맛있게 먹을 수 있는 돼지국밥이다.

경남 창원

반달집 본점

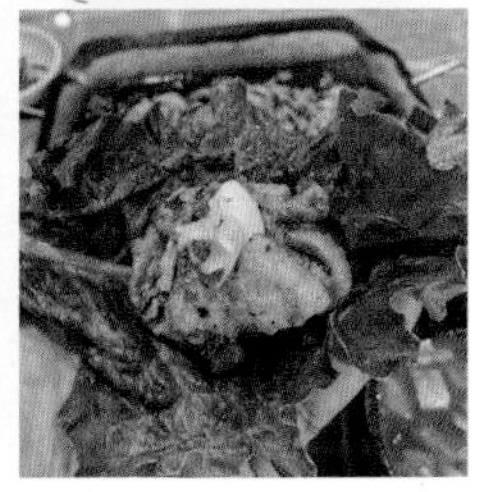

메뉴 추천

- 1인 방문 시 : 돼지 석쇠불고기 1판(2인분) + 소주
- 2인 이상 방문 시 : 돼지 석쇠불고기 2~3판 + 소주
- 3인 이상 방문 시 : 돼지 석쇠불고기 3판 이상 + 소주

팁

- 좁은 골목에 위치하나 매장 바로 옆 전용 주차장이 있다.
- 월~일 11:30~21:00 / 매월 첫 번째 화요일 휴무
- 가급적 본점 방문을 추천.
- 밥과 사골 국물이 나오는데 밥을 말아 먹으면 맛있다. 고기가 약간 남았을 때 밥과 겉절이 등을 넣고 볶아 먹어도 맛있다.
- 근처에 마산 명물 통술 골목이 있어 2차 연계 코스가 가능.

경남 진주

천황식당

메뉴 추천

· 1인 방문 시 : 비빔밥 + 소주

· 2명 이상 방문 시 : 비빔밥(사람수에 맞춰) + 불고기(또는 육회) + 소주

팁

· 별도 주차장은 없음. 인근 민영 주차장 이용.

· 월~일 06:00~21:00 / 라스트 오더 20:00

· 육회비빔밥, 석쇠불고기는 필수.

· 오전 6~9시까지만 지역 상인을 위해 판매하는 선지해장국과 콩나물국밥도 좋다.

· 흰 기둥 옆에 있는 테이블은 1927년부터 있었다고 한다. 97년째 같은 자리를 지키고 있는 셈이다.

· 식사시간은 피할 것. 금세 웨이팅이 걸린다.

경남 진주

북경장

메뉴 추천

- 1인 방문 시 : 탕바오(육즙, 게살 중 택 1) + 샤오마이(게살, 새우 중 택 1) + 백주 또는 소주
- 2명 이상 방문 시 : 탕바오(육즙, 게살 중 택 1) + 샤오마이(게살, 새우 중 택 1) + 요리 1~2종 + 백주 또는 소주

팁

- 건물 뒤편에 전용 주차장 있음. 내비게이션 검색 시 '북경장 주차장'으로 검색. 계산 시 주차권을 받아야 함.
- 월~일 11:30~21:00 / 매월 2, 4째 화요일 휴무
- 처음이라면 사장님께 추천 받도록. 육즙 탕바오, 게살 탕바오, 샤오마이를 추천 받은 적 있음.
- 짬뽕도 맛보시길. 도삭면으로 나오는데, 어디에 내놓아도 빠지지 않을 수준이다.

꽃담

메뉴 추천

- 1~2인 방문 시 : 육회 비빔밥 또는 돌솥 육회 비빔밥 + 소주
- 3인 이상 방문 시 : 육회 비빔밥 + 육회 또는 고기 구이 + 소주

팁

- 주차는 가게 앞에 가능하나 빈 시간을 찾기 힘들다. 5미터 옆에 유료 주차장이 있음. 금남로 4가 전철역에서 3~4분 거리.
- 영업시간이 별도로 공지되어 있지 않다.
- 11시 30분에도 웨이팅이 걸린다. 11시 경 방문하거나 점심시간 이후를 노릴 것.
- 2차는 금남로 일대의 노포 중국집이나 애호박찌개 집 추천.

광주 송정동

서울곱창

메뉴 추천

- 1인 방문 시 : 곱창구이 1 + 소주
- 2인 방문 시 : 곱창구이 1 + 암뽕순대 1 + 소주
- 3인 이상 방문 시 : 곱창구이 1 + 암뽕순대 1 + 추가 + 소주

팁

- 가게 뒤편 전용 주차장 있음(4~5대). 인근 송정5일시장 공영주차장, 광산로 공영주차장, 송정매일시장 상가주차타워 등.
- 매일 10:30~21:00 / 곱창 공급에 따라 일요일엔 조기마감.
- 곱창구이는 강추. 새끼보나 암뽕순대는 외향 때문에 호불호가 갈리나 맛있다.
- 국밥이 칼칼하게 맛있지만 인근 '영명국밥'이 조금 더 낫다.
- 2차는 KTX 광주 송정역으로 가는 길에 있는 떡갈비 거리를 추천.

전북 전주

삼백집 본점

메뉴 추천

- 1인 방문 시 : 콩나물국밥 + 모주
- 2인 이상 방문 시 : 콩나물국밥 또는 선지 온반 + 모주
- 3인 이상 방문 시 : 콩나물 국밥 또는 선지 온반 + 곁들이 차림 + 모주

팁

- 삼백집 전용 주차장 넓음.
- 월~일 06:00~22:00 / 라스트 오더 21:30
- 삼백집 타운이 형성되어 있다. 식사 후 옆 건물 카페에서 커피 한 잔.
- 콩나물 국밥도 좋고, 모주도 괜찮다. 시간이 된다면 남부시장 현대옥의 콩나물국밥과 비교해 보는 것도 좋다.
- 인근 막걸리 거리나 남부시장을 먼저 들린 후 이곳을 찾을 것.

전북 익산

시장비빔밥

메뉴 추천

- 1인 방문 시 : 육회비빔밥 + 주류
- 2인 이상 방문 시 : 육회비빔밥이나 선지순대국밥 + 모듬순대 + 주류

팁

- 별도 주차장 없음. 매장 앞 황등시장 주차장 이용.
- 월~토 11:00~14:00 / 일요일 휴무
- 가게 오픈 시간이나 오후 1시를 이후 찾으면 덜 복잡. 평일에도 웨이팅.
- 순대도 수준급. 피순대와 허파, 간, 내장 등이 나온다.
- 건너편에 가장 오래된 황등비빔밥 집인 '진미식당' 있음.
- 밥과 함께 내주는 선짓국도 일품.

전남 나주

나주곰탕하얀집

메뉴 추천

· 1인 방문 시 : 국밥 1 + 소주

· 2인 방문 시 : 국밥 2 + 소주, 조금 더 드실 수 있다면 수육 추천

· 3인 이상 방문 시 : 국밥 + 수육 + 소주

팁

· 인근 금성관 공영주차장 이용. 굉장히 넓음.

· 화~일 08:00~20:00 / 1·3번째 월요일 휴무

· 곰탕과 수육 필수. 특히 수육에 나오는 우설은 기가 막히다.

· 밀키트는 본점에서 먹는 맛과는 조금 많이 차이가 있다.

· 2차는 영산포 홍어거리나 불고기 추천.

전남 담양

승일식당

메뉴 추천

- 1인 방문 시 : 숯불 돼지갈비 2인분 + 소주
- 2인 이상 방문 시 : 숯불 돼지갈비 + 소주(사람 수에 맞게 고기 추가)

팁

- 가게 뒤편 전용 주차장이 넓음,.
- 매일 09:30~21:00 / 라스트 오더 20:00
- 돼지갈비는 2인분 정도 주문하고 추가할 것.
- 김치 맛은 꼭 보시도록. 굉장히 매력적인 맛을 가진 전라도식 김치임.
- '수북회관'은 담양식 숯불 돼지갈비의 양대 지존으로 꼽히는 곳. 인근 떡갈비 노포와 2차 연계 가능.

제주 동문시장

골목식당

메뉴 추천

- 1인 방문시 : 꿩메밀칼국수 + 소주
- 2인 이상 방문시 : 꿩메밀칼국수 + 꿩구이(또는 꿩샤부샤부) + 소주

팁

- 골목 안쪽에 위치한 매장이라 주차장 없음. 가장 가까운 공영 주차장은 동문재래시장 공영주차장.
- 월~일 10:30~20:00
- 꿩메밀칼국수와 꿩구이는 필수. 굉장히 맛있다. 메뉴에는 없지만 꿩 샤부샤부와 꿩탕도 가능.

가시식당

메뉴 추천

- 1인 방문 시 : 순대백반(또는 몸국이나 순대국수) + 소주(막걸리도 좋은 페어링)
- 2인 이상 방문 시 : 두루치기 + 몸국 + 수육 한접시(강추) + 소주(막걸리)

팁

- 별도 주차장 없음. 가게 앞 도로변 주차 가능. 가게 뒤 가시리 면사무소 주차장에 주차 가능.
- 월~토 08:30~20:00 / 월요일 휴무. 매달 2·4번째 일요일 휴무 / 브레이크 타임 15:00~17:00
- 순대도 나쁘지 않지만 이 집 수육이 정말 좋다. 멜젓과 냉수육의 미친 케미스트리를 꼭 경험해 보시길.
- 제주시에 2호점이 있다. 시간이 없으신 분들은 이곳을 방문할 것.

초빼이의 노포일기 (지방편)

시간과 추억이 쌓인 노포 탐방기

초판 1쇄 발행 2024년 9월 17일

지은이 김종현

펴낸이 최갑수
디자인 아침

펴낸곳 얼론북
출판등록 (2022년 2월 22일) 제2022-000026호
주소 경기도 파주시 경의로 1056
전자우편 alonebook0222@gmail.com
전화 010-8775-0536
팩스 031-8057-6703
인스타그램 @alone_around_creative

ISBN 979-11-94021-17-9(03810)
값 18,800원